Christoph Hübener

Darüber hinaus...

Kurzgeschichten

Originalausgabe erschienen 2013

Text und Fotos © 2009-2013 Christoph Hübener

Bibeltexte: Lutherbibel, revidierter Text 1984, durchgesehene Ausgabe
© 1999 Deutsche Bibelgesellschaft, Stuttgart
Ulrich Schaffer aus: „Das Schweigen dieser unendlichen Räume" © 1981 der
deutschen Ausgabe R. Brockhaus Verlag Wuppertal
Ulrich Schaffer aus: „Journal" © 1982 Oncken Verlag Wuppertal und Kassel

Lektorat: Marcus Grimmer

Herstellung und Verlag:
BoD – Books on Demand, Norderstedt

ISBN 978-3-8482-1935-3

www.darüberhinaus.de

Christoph Hübener

Darüber hinaus...

Kurzgeschichten

Die Verzweiflung ist ein Zeichen für die Ernsthaftigkeit des Suchens.

(Ulrich Schaffer / Journal)

Vorab

Vielleicht fängt man an zu schreiben, weil man jemandem alles erzählen will, wie Astrid Rosenfeld vermutet.

Der nächste Schritt – die Veröffentlichung - ist nicht mehr, als ein egozentrisches Wagnis. Viele haben mich trotzdem dazu ermutigt. Danke.

Also ich lasse mich darauf ein:
Mein erstes Buch. Einundreißig Geschichten.
Viele werden sich davon etwas versprechen. Ein paar werden verstehen. Für Letztere ist dieses Buch geschrieben.

Meiner Familie und allen Freunden danke ich für ihr Mitgehen.

Danken möchte ich auch:

Meinem Gott:
Für alles.
[Die Bibel]

Heiko Kuschel:
Für viele hilfreiche Tips und Geduld zu meinen Fragen.
[kuschelkirche.de]

Marcus Grimmer:
Für Lektorat, den Rückentext und für seine große Aufmerksamkeit.

Eberhart Klaubert vom Schaumburger Druckhaus:
Für guten Kaffee & allerbeste technische Beratung.
[druckhaus-online.de]

Auch:
Jonas Gewalt & Alexandra Wolf

Inhalt

Ein Zusammenlebensfragebogen

Dieser Fragebogen ist nicht einfach.

Beantworte ihn bitte trotzdem. Nimm Dir viel Zeit. Überprüfe Deine Antworten gut. Sei ehrlich. Schreib' sie Dir auf.

Achso - es gibt nur einen einzigen Auswertungsmaßstab: Dich selbst.

Dreißig Fragen. Los geht's.

1. Du brauchst Mut, um diesen Fragebogen auszufüllen. Schaffst Du das? Wenn nicht: hier aufhören bitte.
2. Vertraust du? Dir?
3. Vertraut Du ihr/ihm? Wie weit?
4. Kennst Du sie/ihn so gut, dass ihr diesen Fragebogen teilen könntet?
5. Bist Du manchmal gern alleine?
6. Kannst Du sie/ihn genießen?
7. Kannst Du trauern?
8. Bist Du manchmal albern?
9. Vertraust Du Deinen Herzstillständen?
10. Kannst Du Dich hingeben? Ganz?
11. Kannst Du gut zuhören?
12. Kochst Du (gerne)?
13. Was ist mit Bügeln?
14. Bist Du ein Kleinkrieger?
15. Kannst Du manchmal auf Deine Angst hören?
16. Was bedeutet Dir Demut?
17. Hältst Du Konflikte aus? Auch Deine eigenen?
18. Was bedeutet Dir Dein Besitz?
19. Träumst Du? Wovon?
20. Willst Du zu dem, den Du liebst? Wirklich?
21. Bist Du eifersüchtig? Warum?
22. Könntest Du Dich wehrlos küssen lassen?
23. Bedeuten Dir Körperlichkeiten viel?
24. Bist du eitel?

25. Traust Du Dich, alles zu fragen? Also: Alles?
26. Glaubst Du? Auch an Dich?
27. Schenkst Du gerne?
28. Würdest Du (wieder) heiraten?
29. Wenn ja, lässt Du Dich kirchlich trauen?
30. Wen würdest Du einladen? Und warum?

Vielen Dank für Deine Teilnahme.

Abflug

Es ging nicht mehr.

Also begann er, sich zu verabschieden. Nicht von sich. Aber von allem anderen. Von allem sonst.

Er füllte sich mit Plänen aus, um die Angst vor seiner Entscheidung zu erwürgen. Er wählte ein Land aus, von dem er nichts wusste. Er hatte von der Hauptstadt gehört; sie lag nicht auf dem Kontinent, auf dem er lebte.

Das war alles. Als erstes buchte er einen Flug dorthin. Ein einfaches Ticket. Keinen Rückflug.

Damit stand das Datum fest. Die Uhrzeit.

Jetzt konnte er handeln. Spuren beseitigen. Von dem, was war.

Er sagte niemandem etwas. Es würde keine Briefe geben, keine Abschiede. Er verhielt sich normal und wunderte sich, wie wenig Mühe es ihn kostet. Er wollte sich nicht mehr einholen lassen. Auch durch nichts in ihm selbst. Es war keine Flucht. Es war eine Entscheidung.

Als erstes nahm er alle Papiere, die er hatte. Erinnerungen, Briefe, Fotos. Nichts mehr konnte von ihm bleiben.
Er zwang sich, nichts besonders durchzusehen, um seinen Schmerz zu vermeiden. Er sah nachdenklich auf die kleinen Streifen beschriebenen Papiers, die der Reißwolf unbeeindruckt ausspie.

Seine Bücher fuhr er mit dem Auto zu einem Papier-Container. Ein Käufer für seinen Wagen war schnell gefunden.

Seine Freunde und seine Familie waren ahnungslos. Es gab keinen Anruf. Nichts. Er wusste, dass sie ihm ihre Verletztheiten vorwerfen würden, wenn er weg war, auch durch sein Gehen. Seine

Wunden wollten sie nicht. Sie passten nicht. Seine Freunde hatte er vergessen, wie sie ihn. Lange vorher.

Seine Arbeit war ein Teil dessen, an das er glaubte. Bis es nicht mehr darum ging, jemandem die Hand zu halten, ein unruhiges Gespräch zu führen oder ihm so lange in die Augen zu sehen, bis er sich geborgen fühlen durfte. Irgendwann ging es um Perfektion, Berichte, Zeit und um Richtig-machen. Und er verschliss sich darin, bis es einige um ihn merkten. Aber da war es zu spät. Seinem Arbeitgeber sagte er nichts und warf nur eine Krankmeldung in den Briefkasten.

Zu Hause ließ er alles in der Wohnung: Hausrat, Geschirr, Möbel. Nichts mitnehmen. Ein paar Kleidungsstücke vielleicht. Eine Tasche. Ein paar Mal ging er durch das Haus und sah auf seine Bilder. Er ließ sie hängen und blickte aus dem Fenster. Nichts mehr lieben zu wollen, dachte er und sein hungriges Herz zerriss, als er in sich die Erinnerungen an die letzten Jahre verbrauchte.

Er entfernte den Papierstreifen mit seinem Namen sorgfältig vom Briefkasten.

Er glaubte, mit jedem Schritt konsequenter zu werden. Aufrichtiger. Er sprach sich damit Mut zu. Er sah sich im Kampf und schulte sich mit jedem Gedanken an seinen Abschied. Er glaubte, sich zu stählen, sich zu perfektionieren, sich abzuschirmen. Er dachte, so könnte er sich schützen. Er fühlte sich gezeichnet. Sogar seinen Glauben benutzte er als Offensive. Gegen sich. Aber das wusste er noch nicht.

Irgendwann trennten ihn nur noch Stunden, die er zählen konnte. Restarbeiten.

Er meldete sein Telefon ab und zerschnitt die Karte aus seinem Handy. Er ging zur Bank und löste seine Konten auf, behielt etwas Bargeld und überwies den Rest anonym an jemanden, dem er vertraut hatte vor langer Zeit. In der Nacht vor dem Abflug fand er eine lange Mail einer Freundin und löschte sie, ohne sie zu lesen.

13

Er durchschnitt das letzte Seil. Sonst hätte er bleiben können...

Wie sterben, dachte er, als er an seinen Computer saß und akribisch seine Daten und Einträge löschte.

Den Laptop nahm er mit. Ohne Daten. Rein. Wie neu. Dachte er. Ein letzter Spaziergang. Ein warmer Abend, nichts Melancholisches. Ein ruhiger Sonnenuntergang.

Als er sich umsah, war alles weg. Sogar seine Angst.

Er stieg in die Maschine, die Tragflächenspitzen wippten unruhig, als das Flugzeug zur Startbahn rollte. Minuten später erklomm es den schwarzen Nachthimmel und seine Seele raste vor namenlosen Schmerzen.

Viele Stunden später war er da. Sich selbst gefolgt.

Er hatte alles aufgegeben. Aber es war noch alles da. Und sein Schrecken wurde tiefer.

Matthäus 10 | 39

Party

Ich bin total erschlagen, gehe aber trotzdem. Nur kurz. Begrüßungen. Glückwünsche. Wir sind zu früh. Ich umgebe mich mit Momentaufnahmen.

Minus-Temperaturen, Schnee.

Ein paar große Partyzelte mit Gas-Strahlern bestückt, von den Zeltwänden tropft die kondensierende Nässe. Draußen fackelt nutzlos ein Feuerkorb in der Kälte vor sich hin. Autoeingeparke. Halblautes Lachen. Gesprächsgemurmel.

Der Gastgeber.
Lustiges T-Shirt, schon am Anfang völlig hektisch und eigentlich genauso einsam. Genervt und harsch zu seiner Familie, zu den Gästen unverbindlich nett. Kunstlachen. Holt Euch doch etwas zu trinken.

Nahe Verwandte.
Die beflissentlich grillen. Buffet-Getue. Nahrungsmittel aufhäufen. Ziellos salatbeschwerte Tupperware herumtragen. Grillöfen mit Kartoffeln in Folien beschicken. Und wo stellen wir jetzt den Kartoffelsalat hin?

Nettigkeiten.
Allüberall. Hinter jedem kritischen Blick. Schön, hier zu sein. Lächeln hinter geringschätzigen Beobachtungen. Ach. Und guck mal: der-und-der ist auch da. Wo der sich sonst kaum sehen lässt. Ihre Eskapaden. Das weiß man doch. Hohe Nasen und lächelndes Abgewende. Kleingruppen in Selbstbefriedigung.

Die Kinder.
Viele, die eigentlich schon ins Bett oder überhaupt nicht hier hingehören und vorzeigbar mitgeschleift worden sind. Einige finden

es toll, Bier zu zapfen. Mein Sohn entdeckt, Gläser zu spülen. Für ein paar Minuten. Kleine, übermüdete Gesichter.

Die Männer.
Zigarette rauchend, Kappen-bewehrt, frierend, hahnengefiedert in ihrer Haltung, hungrig, jovial, schulterklopfend, lachend, Fußball-Benzin-Geschichten, Bier. Und Bier. Sprüche für den Gastgeber. Und einen Kurzen.

Die Frauen.
Oft unter sich mit *über-Männer-Geschichten*. Im Augapfel immer die Kinder, die gelegentlich an Krakauer und Brötchen gewöhnt werden müssen. Oder an Folien-Kartoffeln und Sprite. Uninteressierte Blicke.

Gute Bekannte.
Lange nicht gesehen. Na sicher - lange nicht gesehen. Von wem und warum eigentlich lange nicht gesehen? Warum ich kein Bier möchte. Na komm schon. Wohlmeinend. Ach, Du musst noch fahren? (...fast verwundert!) Und sonst ist alles okay, oder? Jaja...

Musik.
Lästige Hintergrundberieselung. Wer hat denn mal ne CD mit *was Vernünftigem*?, wird in halblautes Techno-Gedudel gefragt.

Ich.
Stehe frierend zwischen Allem und Nichts. Eine Bratwurst. Ein wässriges Bier. Ich setze mich neben meine Tochter und verkleinere mich. Warum soll ich mir hier keine Zartheit leisten? Klischeebestätigungsverwunderung.
Ich erlaube es mir, unzufrieden zu sein und lasse mich nicht einlullen.
Ein paar Viertelstunden später sitze ich im Auto in schöner und

wohliger Wärme, stiller Musik und im warmen Licht der Beleuchtung auf dem Weg nach Hause. Über gefrorene Straßen.
Ein paar Kilometer.

Ohne Abschied....

Wetterleuchten

Schlafen konnte ich nicht.

Viele Jahre her.

Wir schrieben uns Postkarten. Manchmal telefonierten wir. Ich besuchte Dich oft. Fünfzehn aufgeregte Kilometer mit dem Fahrrad. Deine Eltern mochten mich. Ein bisschen.

Wir liefen durch die angrenzenden Felder und setzen uns ins Gras an alte, stille Bäume. Hand in Hand träumten wir uns weg. Wir lachten viel. Wir waren lange still. Wir konnten uns in den Armen liegen. Wir konnten uns in die Augen sehen. Küssen konnten wir uns auch.

Und dann,
dann hatten
wir
dieses Gefühl.
Das alles
nicht reicht.

Wir verabredeten uns. Heimlich. Deine Eltern sollten nichts merken. Es war ein Sommerabend, Ende Juli, als ich mit dem Rad losfuhr.

Die Hitze des Tages verlor sich auch im farbigen Dunkelrot des Sonnenuntergangs nicht. Hinaus aus der kleinen Stadt, in der ich wohnte, die schmale, schöne Allee am Fluss entlang, weit hinten über die Brücke, die kurvige und endlose Strecke den Berg hinauf, aufgeregter denn je. Als ich erhitzt den Berg wieder hinunterschoss, war es tief dunkel. Ein paar verirrte Autos blendeten mich.

Ich lehnte das Rad an die große Hecke und tastete mich unter Dein Fenster. Wie verabredet. Es war ganz still. Mein Herz lauter als das Klopfzeichen.
Geschmeidig windest Du Dich durch das halb offene Fenster in

meine Arme. Kein Laut. Leise, leise...

Wir wollen an diesen stillen See nah am Fluss und fahren mit den Rädern in die Ruhe der Felder. Kein Luftzug. Keine Regung. Der Wald hinten am Ende der Felder wie eine schwarze Kulisse. Das surrende Geräusch unserer Räder auf dem warmen Asphalt, ab und zu das Rascheln deines Sommerkleides. Manchmal lachen wir leise. Kein Laut sonst.

Weg von der Straße... weg...

Als wir durch die letzen Häuser des geduckten Dorfes fahren öffnete sich alles, zitternd hastet das Licht aus unseren Fahrradlampen über das gelbe Gras des Feldweges. Wir fahren Hand in Hand. Weit hinten zuckt kurz ein Wetterleuchten über den Rand ferner Gewitterwolken.

Schon liegt der See vor uns, eine einsame, blanke, tiefschwarze Fläche. Stillstehende Luft. Leise Spannung in uns. Am Ufer sinken unsere Räder leise klingelnd ins hüfthohe Gras. Ein Wildgans fliegt aufgeschreckt hoch, die Binsen am Ufer rascheln. Die Tasche mit Decken und Handtüchern aus dem Fahrradkorb in Deiner Hand, meine ruhig in deinem Rücken und kein Wort.

Wie heimlich wir in die Lücke des Birken- und Weidendickicht huschen, obwohl doch niemand da ist...

Eine beschützte kleine Bucht, das sandige Ufer läuft flach in den See, eine ebene Stelle, die groß genug für uns sein muss. Wir sitzen wortlos auf der Decke und sehen auf diesen großen schwarzen Spiegel, der ab und zu den Widerschein des Wetterleuchtens zurückwirft. Und es ist immer noch heiß.

Ein so sehr unsicherer Blick von Dir, als Du deine Hand aus meiner löst, es ist Dir zu langsam, wie du aufstehst, Dein luftiges Kleid mit einer selbstverständlichen Bewegung abstreifst.
Mir ist es zu schnell.
Als Du ins Wasser gehst, ahne ich Deinen Körper im Dunkel. Wie

ein leidenschaftliches Gemälde, denke ich; atemlos bin ich, wenn Du Dich in Deiner Bewegung halb zu mir drehst. Als ich endlich aufstehe, um mich auszuziehen, sehe ich Dich im See, das Wasser sehr knapp über Deiner Brust, Du hast Dich zu mir gedreht.

Das Wasser ist warm. Ruhig. Ruhiger als ich. Als ich näher komme, schwimmst Du mit weiten Zügen los. Als wolltest Du mir damit etwas sagen. Die Wolken am Horizont. Plötzlich turmhoch. Dann schwimme ich nahe neben Dir und manchmal berühren wir uns dabei. Es ist noch lange bis zu der kleinen Insel; den dunklen Spiegel teilen wir mit kleinen Wellen, die sich so sehr weit ausbreiten.

Dann ist Boden unter unseren Füßen, Du läufst los und bist am Ufer und ich sehe Dich, so wie Du bist, so viel, wie das wenige Licht mir erlaubt. Ich laufe Dir hinterher und wir wissen beide, warum wir nur unsicher flüstern können...

Dann lässt Du Dich ganz nah vor mir rauschend ins Wasser fallen, auf dem Rücken gleitest Du zurück in die Weite des Sees. Ich stehe nur benommen da, als müsste ich ein unglaubliches Bild ansehen, das gleich wieder verwischt und nichts zurücklässt.
Ein sanftes Grollen. Weit weg.

Und ich haste viel zu laut durch das seichte Wasser zu Dir. Wir stehen uns gegenüber, das schwarze Wasser gluckst leise um Deinen Bauchnabel. Deine Augen in meinen zu fühlen ist wichtiger und wir nehmen uns an den Händen. Wir wissen, dass wir uns jetzt näher sein könnten und gehen vertrauend tiefer ins Wasser, Schritt für Schritt. Lange stehen wir nur Rücken an Rücken und ich spüre Dich so viel mehr, als würde ich anders bei Dir sein. Unsere Hände halten sich. Uns. Im warmen Wasser fühle ich Dein Zittern. Du auch meins. Bevor wir ans Ufer schwimmen, drehst Du Dich zu mir und ziehst mich viel näher, als ich ertragen kann.

Dein Kuss so leicht und wissend. Ich muss losschwimmen...

Als Du aus dem Wasser bist, hülle ich Dich in das weiche Hand-

tuch, hole Dich ganz nahe. Ich bin zurück.
Dein Kleid hängt noch über dem gebogenen Weidenast. Und ein unerwarteter Blitz zerfetzt für einen rasenden Augenblick die Schwärze um uns, erschreckt lässt Du Dein Handtuch fallen. Was ich sehe, lässt mich kämpfen.

Die Räder heben wir aus dem Gras und wir stehen beieinander und lassen sie wieder fallen, um uns festzuhalten. Noch näher als sonst. Ein erster, leiser Wind auf dem Wasser, er bewegt die Blätter der Birken am Ufer sanft. Er ist lautlos und doch da.

Wir rauschen durch die Nacht zurück über Feldweg, der weit entfernte Lichtkegel eines Autos in dieser Einsamkeit schreckt uns auf und unsere Hände klammern sich ineinander für einen Moment. Der Fallwind des nahenden Gewitters schiebt uns gnädig vor sich her, zerwühlt laut die Bäume um uns.

Ich fasse Dich an der Taille und hebe Dich an Dein Fenster, Du ziehst Dich empor, stößt Dich ab und fällst wieder in meinen Arm. „Das nächste mal musst Du bleiben", sagst Du. Der glänzende Widerschein eines Blitzes in Deinem Blick verrät noch mehr.

Mein verworrener Weg zurück. Den werde ich nie vergessen.

Das Gewitter zieht weiter, es hat uns verschont. Fernes Wetterleuchten am Horizont als ich zu Hause bin.

Schlafen kann ich nicht.

Das Hohelied Salomons 6 | 10

Von vorne.

Du denkst an ein Ende. Aber jedes Ende es ist Dir nicht gut genug. Es erklärt nichts. Ändert nichts.

Und Du denkst an einen Anfang. Als ließe sich alles befreien. Das hoffst Du.

Deine Nächte wollen Dich im Fiebertraum verschlingen und peitschen Dich auf. Bis Du verstehst.

Es lässt sich nichts von ganz vorne beginnen.

Kein Weg.

Es gibt keine harten Schnitte. Sie sind eine Illusion.

Du kannst klare Entscheidungen fällen. Aber sie werden Dir etwas vorgaukeln.

Du wirst immer zurückblicken müssen, egal wo Du bist.

Oder ob Du rennst oder stehen bleibst.

Auch im Ankommen wirst Du Dich umdrehen. Immer.

Es wird auch keine klaren Antworten geben.

Keine, die mit Richtigkeit erfüllen.

Diese Schmerzen sind fast nicht zu ertragen.

Und selbst dann, wenn Du ruhig und zufrieden sein kannst, weil Du das hast, was Du erstrebst, wirst Du aufschrecken.

Weil irgendetwas Dich wecken wird.

Eine Erinnerung Dich holt.

Die in allem ist. Und dann weißt Du, dass Du immer suchen wirst.

Immer weiter.

Und dann weißt Du, was bleibt...

Ist das ein Geschenk?

2. Korinther 12 | 10

Das Schweigen

Sie träumte.

Und als sie aufwachte, lag alles weit ausgebreitet vor ihr. Verwirrend. Weil es so real war, dass sie sich nicht davon lösen konnte. Alles um sie verschwand: ihr Frühstück, ihr Weg zur Arbeit, Menschen, mit denen sie sprach.

Früher, als sie sechzehn, siebzehn Jahre alt war. Über zwanzig Jahre her. Ihre Klasse beachtete sie kaum. Sie war unscheinbar. Die anderen sahen über sie hinweg. Arrogant. Eine andere Welt.

Sie war immer voller Abenteuer und Fragen, ihre Augen klar und lebhaft. Wenn sie vor dem Spiegel stand und sich ansah, spürte sie sich. Als Rätsel.

In den Pausen war er da. Sie kannte noch seinen Namen. Jede Pause war er da. Nur bei ihr.

Ein Junge mit feinem, offenen Gesicht; die dunkelblonden Haare oft wirr. Groß. Es schien, als überdachte er jede seiner Bewegungen. Sie liefen langsam über die Betonwüste des Schulhofes. Nebeneinander. Sie erzählte, oft wie ein Wasserfall. Er schwieg. Manchmal lächelte er ein wenig. Und sie erzählte weiter. Und sie gingen weiter. Kleine Pausen mit fragenden Blicken. Sein Schweigen wuchs in ihr. Es reichte ihr aus. Er fragte nicht. Er ging neben ihr und hörte ihr zu. Mehr nicht. Sie malte große Bilder, verschlungen und farbig, überlegt und wild. Er hörte still zu. Neben ihr.

Ein erschreckter Blick, wenn sie stolperte, wie eine wortlose, große Sorge.

Sogar wenn sie still war, ging er schweigend neben ihr. Er ging nur neben ihr, neben keiner anderen. Er trug sie mit seiner Ruhe. Sie musste ihn nicht fragen, warum er schwieg.
Erst versuchte sie, ihn zu fordern. Oder es sich zu erklären. Aber

das verschwand.

Als sie die Schule verließ, verabschiedeten sie sich nur kurz. Als wenn sie sich morgen wieder sehen würden.

Aber sie sahen sich nie wieder. Sie nahm ihn in sich mit.

Über eine Freundin hörte sie nach Jahren von ihm.
Ein Traummann.

Und sein Schweigen war wieder in ihr. Jetzt als Unerreichbarkeit. Wie dieser Traum, der jetzt ihren Tag ausklammerte.

Der noch weit jenseits ihrer Sehnsucht war. Der von seiner Liebe zu ihr wußte. Die ihr unerreichbar blieb.

Sie begann, ihn zu suchen, fragte alte Freunde, forschte nach, schrieb Briefe. Aber er blieb verschluckt. Weg. Bis sie seine Adresse fand, irgendwo.

Er war noch da. Wie damals. Schweigend. Und ihre Gefühle bekamen große Macht. Auch über sie selbst. Lange Stunden vor dem leeren Blatt, zitternde Finger. Und sie zerbrach sich fast in dieser Nacht. Sie verschloss das Kuvert und ließ den Brief liegen. In sich.

Sie wußte, dass ihre Sehnsucht richtig war.

Auch wenn das niemand verstand.

Matthäus 28 | 20

Erinnerungen verklären wir immer.

Weil wir uns nicht zutrauen, an ihnen wachsen können.

Unverändert.

Es war ja nicht so, als kämest Du aus dem Nichts. Es war trotzdem sehr überraschend. Mehr noch als eine plötzliche Erinnerung aneinander. Sondern wie etwas, das aufreißt. Keine Wunden. Aber Gefühle. Frisch.

Wie lange ist das her? Zehn Jahre? Zwölf? Nach ein paar Mails bin ich losgefahren.

Sehr unruhig sitzen wir uns gegenüber in diesem Café, irgendwo in der Provinz, ich rühre unter Deinen Augen endlos in meinem Latte Macchiato herum und weiß immer noch nicht, was ich sagen kann, was ich sagen darf. Oder ob ich lächeln soll. Wie ich Dir meinen Blick geben kann. Und welchen. Kein was-machst-Du-jetzt-wie-geht-es-Deinen-Kindern-Gespräch.

Die Haare trägst Du beinahe so wie früher. Truutschig, sagtest Du immer. Zu brav. Warst Du gar nicht, sage ich erinnerungsverloren und muss schmunzeln.

Waas? fragst Du und hast meinen Blick. Ich muss nur an früher denken, sage ich leise. Ah. An früher. Du nickst. Und was ist jetzt?

Du bist wieder da. Und ich auch. Wir werden sehen, wann wir wieder zurück müssen, oder?

Ja, das geht schon, sagst Du leicht und ich weiß, wie Du das meinst. Es ist jetzt ganz still um uns. Wir sind der Mittelpunkt hier. Es gibt sonst nichts.

Es ist so wie damals. Wir saßen oft in diesen Cafés, gingen lange spazieren, am Fluss und im Feld. Im Wald. Einsam. So wie eben. Bloß Arm in Arm, Hand in Hand. Wir unterhielten uns verschmust und liefen so lange herum, bis uns kalt wurde. So, wie eben. Nur, dass es Herbst war und jetzt Frühling. Und dann zu mir. Oder zu Dir. Kochen, essen, reden, Filme sehen, hände halten, vorlesen, Schokolade, küssen, Wein trinken, Musik hören, verführerische Kissenberge anhäufen, erzählen, Haare zerwühlen, leise streiten, berühren, hart diskutieren und sich gegenseitig so wehrlos küssen, bis das allerletzte Stück unserer Kleidung irgendwo verstreut lag und wir schlaflos bleiben konnten. Heute sitzen wir in diesem Café. Und wissen das noch alles so gut, als wäre es erst ein paar Stunden her.

Deine Freundin verriet mir, Du hättest Dich in mich verliebt. Ich war ungläubig. Ich hätte Dich nie angesprochen.

Hast Du Angst?, fragst Du mich und schiebst Deine Hand über den Tisch, die ich leicht nehmen kann, ganz leicht... Angst? Wovor? Als Du damals gingst, hatte ich Angst. Viel Angst. Du sagtest, ich sei verrückt. Du lachst leise und ich mag, wenn Du den Blick so senkst. Niemand sonst kann das so sonderbar schön. Ja. Du warst verrückt. Sehr verrückt. Wir haben uns so sehr berauscht. Das war gut. Das flüsterst Du nur.

Ja. Meine Finger erinnern sich an Deine Haut, höre ich mich sagen und setze mich auf, weil ich Dich ansehen muss. Du wolltest ein Foto von uns, als Du mit mir geschlafen hast, weißt Du noch? Wie Du lächelst. Viel zu verträumt, viel zu wissend für mich. Es ist keine Zeit vergangen. Wir hätten es machen sollen, sagst Du. Das Foto. Dazu haben wir viel zu oft miteinander geschlafen. Ja, sage ich. Du warst sehr direkt. Ich meine... Du weißt schon. In meinen Kalender maltest Du Herzen mit Zahlen dahinter. Du lachst leise und: Ja. Das war doch so, so schön.... Das seufzt Du.

Du warst auch sehr direkt. Nicht nur in der Nacht. Ich will den Kopf schütteln um mich dahinter zu verstecken, aber ich sehe Deinen aufrichtigen Ernst in Deinem Gesicht und halte Deine Hand zu vorsichtig. Du siehst auf unsere verschlungenen Finger. Viel besser, sagst Du jetzt, weil Du mich kennst. Egal ob es zehn oder zwölf Jahre waren.

Waren wir geborgen? frage ich. Wir waren frei, sagst Du. Ein bisschen so wie jetzt. Wir konnten immer zurück. Auch in uns. Wir konnten uns aufgeben. Aneinander. Den Tag morgen verpassen, vergessen. Ist das so einfach? frage ich verblüfft. Klar, nickst Du.

Ich habe auch ab und zu nach Dir gesucht, sagst Du. Nach dem Verrückten. Der mich so sehr verrückt gemacht hat.

Ich habe keine Worte, aber ein zerrissenes Herz.

Du konntest nur schreiben. Mir schreiben. Und ich musste nur antworten, sagst Du. Das ging nicht anders. Ich habe mich gesehnt. Du bist einfach so schön verrückt für mich, sagst Du und mein Herz wird plötzlich ruhiger, unverletzter.

Ich möchte noch mal mit Dir schlafen, sagst Du leichthin und strahlst mich an. Kannst Du danach noch zurück? frage ich. Ja sicher. sagst Du.

Ich weiß, dass Du weißt, warum ich aufstehe und das macht nichts einfacher. Gar nichts. Im Gegenteil. Du bist verrückt, sagst Du und ich bin sicher, das Du eigentlich weinst. Tue ich ja eigentlich auch.
Das nächste mal schreibe ich Dir, sagst Du und ich nicke.

Ein paar hundert Kilometer zurück. Umdrehen könnte ich an jeder nächsten Ausfahrt. Müsste ich? Warum gehe ich manchmal vom Gas?

Liebesbriefhoffnung

Augen Blicke nicht verlieren.
Ausgeliefert schweigen können.
Du bist weit weg. Nein. Bist Du nicht.
Dir vertrauen. Sogar, wenn ich Dir nicht vertrauen sollte.
Keine Angst mehr. Seit Dir.
Deine Guten-Morgen-SMS heißt nicht einfach *Guten Morgen*.
Sondern, dass Du Dich sehnst.
In Frieden bei Dir liegen. In Frieden.
Du weißt, dass Du mich allein lassen kannst.
Die Welt um mich abschließen, wenn wir sind.
Dich über alles hinweg tragen:
Wiesen, Seen, Flüsse, Erde, Himmel.

Aufgeben können. Zusammen.
Treiben lassen auch.
Sanft. Mut.

Und zusammen ertrinken.
Keine Inszenierung mehr. Kein Spiel.
Sondern stiller Ernst.
Deine Gedanken zu ende sprechen.
Nicht weg müssen. Niemals wieder.
Wenn Du mir so ganz nahe bist, hast Du zu viel an.
Durch Deine Augen in Deine Seele fallen zu können.
Kein Durchkämpfen mehr.

Da. Sein.

Eine Hoffnung.

Havanna Rain

Dieser Film über Kuba hat mich zu weit mitgenommen. So weit, dass es mir scheint, als wäre ich erst vor ein paar Tagen von dort zurückgekehrt.

Es ruft wach. Viel, was damals war. Als wäre es unwandelbar.

Die Geckos, die Nachts in der Dusche herumkrakelten.

Die kaputte Klimaanlage, an der ich ständig herumbasteln musste.

Radio Miami, dass ich über einen alten UKW-Empfänger mit viel Mühe hören konnte.

Die alten Millionärs-Villen in Varadero, der ehemalige DuPont-Flugplatz, dessen Landebahn damals noch mit Betonblöcken blockiert war.

Und diese unglaublichen Strände mit diesem unglaublich azurfarbenen, warmen Wasser. Dieser irre Segeltörn.

Mein Ausflug mit einem röchelnden Mofa, das ich mir lieh, um außerhalb des Touristenghettos Fotos zu machen und das Leid der Mütter entdeckte, die stundenlang anstanden, um an Milchpulver für ihre Babys zu kommen.

Läden mit leeren Regalen.

Abends saß ich mit Einheimischen am Strand, die mich einluden; wir tranken endlos billigen Rum und sahen in diesen unfassbaren karibischen Himmel. Weit hinten spielte eine Kapelle Danzón für irgendwelche Touristen, ab und zu trug der Wind etwas von dem Rhythmus an den Strand.... Atemlose, feuchte Hitze. Sie fragten mich nach *Yankee-Dollars*. Ich schenkte ihnen ein paar Scheine.
Und die Fahrt ins Land. Trinidad. Endloser Dschungel und die

hilflose Klimaanlage im Bus, Esel-Gespanne, die wir auf den leeren Dschungel-Straßen überholen, heruntergekommene Plantagen mit siechenden und immer noch wundervollen Herrenhäusern.

Santiago de Chile. Eine verfallende Revoulutionstadt. Bunte Parolen an jeder Wand, die verblassen, abblättern. Kinder in Uniformen.

Und endlich, endlich Havanna. Das durch den Verfall nichts von seiner Dekadenz verloren hat. Nichts von seinem Leben. Salsa-Tanzschulen in den heißen Hinterhöfen. Touristenpolizei. Der blasse Charme der halb verfallenen kolonialen Häuser.

Ein bittersüße Melancholie ohnegleichen beim unerlaubten Weg den Malechón entlang, die warme Gischt, die über die bröckelnde Mauern schoss...

Und dann in der lauen Nacht auf der Straße zu sitzen. Viele Daiquiri später. Als dieser unglaubliche Regen kommt. Immer noch draußen sitzen. Vielleicht noch einen Mojito bestellen?

Den Geruch der Minze in diesem Regen werde ich nicht vergessen.

Gefangen

Ein Albtraum. Eine nicht gekannte Vorstellung, die mich hoch reißt:

Auf einer großen und ausgelassenen Fete werde ich aus unerklärlichen Gründen von der Polizei zusammen mit einigen anderen (die ich nicht kenne) festgenommen und bekomme eröffnet, zwei Tage ins Gefängnis zu müssen. Gleich am nächsten Morgen. Wahn Sinn.

Ich überlege also fieberhaft, was ich alles mitnehmen muss, kann, darf: meine Bibel, ein Buch (welches...?), meinen Laptop (darf ich...?), ein paar Klamotten (was bloß...?), einige sehr persönliche Dinge (...Fotos, Briefe, CDs, Bilder der Kinder, Kette, Armband). Mein kleiner Metallkoffer ist schnell voll. Ich denke: Naja - es sind ja nur zwei Tage. Eine Nacht.

Im Gefängnis wird mir alles abgenommen. Alles. Ich bekomme eine lächerlich uniforme Kleidung ausgehändigt, die ich tragen muss. Ein paar Fotos und meine Bibel, mein Buch darf ich - nach gründlicher Kontrolle - dann doch mitnehmen. Ich beobachte. Auch meine unbestimmte Angst.

Die Tür schließt sich. Brutal.

Sechs Mitgefangene mit verhassten und egoistischen Blicken. So allein war ich noch nie. So vergessen.

Ich nehme mir vor, nichts zu sagen, suche nach meiner Schlafstatt, die mir hämisch zugewiesen wird. Provokationen. Dumme und dreiste sexuelle Anspielungen. Tief verletzender Dumpfsinn.

Das Licht ist grell und unerträglich. Ruhe gibt es keine, ein Fernseher in der Ecke wimmert endlos vor sich hin, mein Schweigen wird als Übergriff verstanden.

Es sind nur zwei Tage - flehe ich mich selbst an - und ringe schon mit jeder zähen Minute. Dumpfe Gerüche, die Worte in meiner Bibel verschwimmen schnell vor den Augen. Die Zeilen in meinem Buch folgen mir nicht. Morgen Abend kann ich gehen, klopft es in mir.

Erste Beleidigungen, ich kann nichts essen vor Scham und innerem Aufstand. Willkürliche Pöbeleien, Gekeife. Ich zwinge mich hart. Zur Ruhe.

Die Nacht ist voller Geräusche, eine Schlaflosigkeit, die jenseits all dessen ist, was ich je erlebt habe. Ich festige mich. In aller Müdigkeit.

Um mich: gleichförmige Banalität. Kein Interesse. An nichts. Außer an unfassbar maßloser Selbstsucht.

Ein nichtsnutziger Morgen in kaltem Licht. Häme und Neid. Meine Abscheu verweigert auch das Frühstück.

Und ein militärischer Ausflug in den Innenhof: Hohe tief graue Wände mit einem bestialischen Stacheldraht, der sich danach zu sehnen scheint, Fleisch zu zerreißen. Niedrige helle Wolken. Ich sehe um mich. Sauge auf. Trotzdem. Immer neu. Noch ein paar Stunden... ...auf dem Bett liegen und an die Decke starren.

Das Schloss wird aufgerissen. Brutal.

Ein Wachmann schubst mich in den Gang; wildes Gefluche hinter mir. Von denen, die bleiben.

Ich bekomme meine Sachen zurück. Vorgezählt, beschrieben. Ich versuche, den leeren Blick meines Gegenübers zu füllen. Eine Unterschrift: hier.

Ich ziehe meine Sachen wieder an. Nehme meinen kleinen Metallkoffer. Bitte hier entlang.

Wenig später stehe ich draußen. Vor der verriegelten Tür.

Und bin mir erschrocken näher als je...

Zeit, aufzuwachen....

Eine Mauer

Eine Mauer zu bauen ist nicht so einfach...

Die ersten Steine sind noch sehr schwer. Gerade deswegen, weil alle zusehen, die Dich gut kennen.

Weil sie von Deiner Angst wissen. Sie werden versuchen, Dir Steine wegzunehmen. Das macht es schwerer, die Mauer zu bauen.

Aber Du weißt, dass sie Dich schützen wird und Du wirst schnell lernen, sie zu bauen. Immer wenn Dir wieder etwas begegnet, von dem Du weißt, dass es Dir schaden könnte, etwas, dass Dir zu hell ist. Und so wirst Du sie höher bauen, die Mauer. Eines Tages wird Dir die Arbeit daran ganz leicht von der Hand gehen. Du merkst, dass sie ein gutes Versteck geworden ist, wenn sie Deinen Kopf überragt. Du gehst nach draußen und streichst sie hell farbenfroh an, Deine Mauer. Alle können sagen: Eine schöne Mauer. Sieht gut aus. Hat er schön gemacht, seine Mauer. Respekt.

Aber das reicht Dir nicht. Du lernst, dass, wenn Du die Mauer um Dich ziehst, alles schön warm bleibt. Sie isoliert. Alles: Deine Sehnsucht, Dein Lachen, Deine Trauer, Deinen Mut, Deinen Willen, Deine Liebe, Deine Worte, Dein Herz.

Es ist warm in der Mauer. Nur wenn Du die Hand außen auf den Stein legst, wirst Du seine Kälte spüren.

Bald wirst Du auch ein Dach über dem Kopf haben, weil es Helligkeiten gibt, die Dich verstören. Oder Regen, der Dich erreicht. Es wird dunkel unter dem Dach und Du wirst ein Fenster bauen. Damit Du nach draußen sehen kannst. Was so passiert. Gut, dass Du drinnen bist. Geschützt. Reinsehen kann ja niemand. In Deine Wärme. Pflanzen werden an Deiner hellen Mauer wachsen, sie mit ihren Blättern verkleiden und wieder werden alle sagen: wie schön diese Mauer aussieht... sie ist bewachsen, sie wird natürlich. Und Du wirst Dich darüber freuen, dass es allen gefällt. Außer denen, die nicht mehr kommen. Die, die Dir am Anfang die Steine wegnehmen wollten.

Du lebst in Deinen Mauern, ganz zufrieden. So sagst Du Dir. Und hast trotzdem Angst.

In Deinem Herzen, das Du ja schützen wolltest. Zurecht hast Du Angst.

Dass jemand kommen könnte. Du weißt: Ein einziger Blick von ihm wird sie zerstören.
Ein einziges Gefühl von ihm kann sie umwerfen.

Deine Mauer.

Für Immer

Ein Anfang. Ganz unromantisch. Wie jemanden, den man zufällig trifft. Nichts Besonderes eigentlich.

Doch.

Nur ein paar Blicke. Aber es waren Blicke, die schon alles wussten. Die keine Angst hatten. Sie waren offen. Unverstellt. Sie wunderten sich darüber. Jeder für sich selbst, denn sie kannten das nicht… Und niemand bemerkte es. Warum auch? Es war ganz still um sie. Nur neugierige Gespräche. Mehr hätten sie sich nicht erlaubt. Sie kannten alle Vorsicht, ohne sich darum bemühen zu müssen. Und doch wurden sie aufmerksamer. Nichts, was sie drängte.

Sie gaben sich keine Mühe. Sie forderten nichts. Es war nicht notwendig. In manchen ihrer Blicke lagen Antworten auf Fragen, die sie nicht stellen konnten. Wie ein Zauber. Etwas, das es nicht gibt. Das bei der geringsten Berührung nicht mehr da wäre.

Und doch! – eines Tages fanden ihre Hände zueinander. Ganz selbstverständlich. Als wäre es schon immer so gewesen. Sie bekamen einen leisen Schreck. Über das, was neu war. Und doch endlos vertraut. Und der Schrecken verflog. Schnell und leicht, als wäre er nie gewesen. Sie begann einen Satz, den er zu Ende denken konnte. Und ihre Finger schlossen sich sanft und fest um seine. Als wäre es immer so gewesen.

Ihre Gespräche wurden größer. Mutiger, trauriger, schmerzvoller. Sie begannen, zusammen zu tauchen. In sich. Gegenseitig. Tief und ohne Sauerstoff. Nur durch ihre Hände verbunden. Alle Fragen waren möglich. Alle. Wenn sie auftauchten, sahen sie das flirrende Licht an der Wasseroberfläche. Die helle Sonne. Und sie stiegen wieder hinab in ihre Herzen.

Ihre All-Tage flossen um sie und sogar im Kaffeekochen lag eine stille Bedeutung. Alle Worte waren nötig und doch keines. Ihre Tränen waren nicht aus Zorn oder Angst. Sondern aus ihrem Wissen. In ihren Augen konnten sie versinken und Hingabe war für sie mühelos.

In ihren Berührungen und ihren Küssen war Ruhe und helle Leidenschaft; wer ihre Umarmungen sah, ahnte von viel Schutz, von schönen Verschlungenheiten, von ihrem Erkennen.

Allen anderen kam es verdächtig vor. Sie waren misstrauisch. Eine Einheit, die nicht funktionieren kann. Die neidisch macht und ängstlich. Weil keiner diese Sehnsucht ertrug. Weil sie an falsche und verkitschte Harmonie glaubten. Weil Vertrauen immer Kampf sein musste. Weil alles reflektiert sein sollte und man sich zu zwingen hat. Sie glaubten an gemähten Rasen, saubere Wohnzimmer und geputzte Autos, an Vereine und beruhigte Gemeinden und stellten Verbotsschilder in ihren Herzen auf. Wer sich nicht an ihre kleinen Ordnungen hielt, wurde belächelt, höflich abgewiesen: Mit leichten Ratschlägen, geheuchelter Anteilnahme oder dumpfer Ablehnung. Weil sie aufgegeben hatten und auch das nicht ertrugen.

Sie blieben davon unberührt, ungläubig bestaunt und unverstanden.
Sie lebten zusammen in wärmenden Sonnenaufgängen und Gewitterschauern, die bis auf die Haut durchnässten. Sie weinten um ihre Filme und Bücher, legten sich in Musik, die sie liebten. Ihre Gastfreundschaft war rein und echt, wie ihre Liebe. Selbst in unerträglicher Trennung wuchsen sie an sich. Sie litten tief aneinander, weil sie sich kannten. Aber ihre Wortlosigkeit war nie sprachlos. Sie gingen durch ihr Leben. Still und beschenkt. Sie wussten, wie schön ihr Geschenk war und dass es ihnen anvertraut wurde. Sie gingen vorsichtig damit um. Wie mit sich selbst. Ohne jede Anstrengung.

Und sie wussten noch etwas:

Sie würden sich nicht verlieren, weil sie sich immer suchen müssten, immer finden würden.

Das sie Eins waren. Für immer.

Für S.

Es ist tief in der Nacht, dunkel um uns.

Egal.

Wir sitzen uns noch immer auf dem Bett gegenüber, reden leise.

Immer noch. So viele Stunden.

Wir kennen uns schon lange, obwohl wir uns erst vor ein paar Jahren trafen. Unerwartet. Würde man sagen.

Entwickeln mussten wir nichts, nichts erobern.

Wir gingen Schritte. Unbemerkt nebeneinander her.

Unsere Vorsicht ist in der gleichen Waagschale wie unsere Neugierde, unser Aufmerksamkeit.

Wissen wollen. Keine „ja, aber's" mehr.

Sich keine Möglichkeit mehr zu erlauben, ein Versteck voreinander zu suchen.

Jede Provokation als echte Frage zu verstehen.

Zueinander. Nicht gegen Dich. Zu Dir.

Gesprochen haben wir darüber nie. Das war einfach so. Ernst und schön.

Es ist so spät, höre ich Dich müde sagen.

Ja, wir müssen jetzt schlafen, nicke ich.

Ohne irgendwelche Gedanken dahinter.
Und Du streckst Dich aus, auf Deiner Seite, ich lege mich auf

meine.

Ich habe Deine Worte noch im Kopf, flüsterst Du und weißt, dass ich nicke.

Ja, ich Deine auch. Kommst Du?

Deine Bewegung ist so überraschend, dass ich fast erschrecke.

Und dann liegst Du nahe neben mir. Wie noch nie.

Meine Hand schwebt leicht auf Deinem Bauch, hält Dich, wie eine Feder.

Bloß nichts zerstören, denke ich. Als hinge alles davon ab.

Ich verstehe immer mehr. Dich.

Dein Atem wird ruhiger und ich weiß, dass Du schläfst.

Dann wache ich auf.

Allein.

Aber dieser Traum klingt in mir nach.
Ich bin berührt. Von Dir.

Ein weiter Weg

Sie blickte kurz zurück. Nur einen Moment. Und sie fragte sich diesen überraschenden Augenblick lang, wann sie diesen Weg begonnen hatte...

Sie konnte sich nicht erinnern. Sie wusste nur, das sie ganz tief in sich ihren Ahnungen lange voraus war. Und es war nicht wichtig, wann sie damals losgegangen war. Sie brach auf, als sie fühlte, dass es an der Zeit war. Als sie erkannte, dass die Richtigkeit ihres Alltags das umbrachte, was eigentlich in ihr bebte.

Also nahm sie das, was in ihr war, und ging los. Ohne den Weg zu kennen. Aber sie kannte das Ziel.

Ihre ersten Schritte waren unbeholfen. Sie musste oft Rast machen, ausruhen. Dann kamen Freunde, von denen sie glaubte, dass sie ihren Weg ebnen würden. Und der Weg wurde unübersichtlicher. Erst, als sie begann, vor ihre Füße zu sehen und einen Schritt nach dem anderen zu tun, blieben viele hinter ihr. Manche neidvoll und missgünstig - hatten sie doch nicht ihren Willen oder den Mut, weiterzugehen. Schritt für Schritt. Andere blieben zurück, weil sie sich Bilder von ihr machten, die sie verletzten. Und sie verabschiedete sich.

Ein paar blieben an ihrer Seite und sie bekam Hoffnung. Sie fing an, ihnen von ihrem Weg zu erzählen, sich zu offenbaren. Und mehr.

Denn ihr Weg war voller Hindernisse. Sie türmten sich auf. Durch andere. Auch durch sie selbst. Es war viel Kraft nötig und ohne Hilfe wäre sie oft stehen geblieben. Sie ging durch karge Wüsten und über weiche, stille Wiesen. Mehr als einmal sehnte sie sich danach, sich dort hinzusetzen und zu bleiben. Sie sagte denen davon, die dicht bei ihr gingen. Laut und im Sehnen darauf, dass sie sich mit ihr weit ab ihres Weges setzen könnten. In Frieden dort bleiben. Sie sagte es ganz leise und doch laut und wies auf den Rastplatz hin, zeigte darauf. Zeigte ihr Innerstes.

Aber sie verstanden nicht und bogen ab. Nicht an einer wichtigen Kreuzung, sondern an der nächsten Gabelung, die sich bot.

Sie zwang sich hart, weiter zu gehen und mit jedem Schritt, der den Staub aufwirbelte, wurde sie gleichermaßen kraftloser wie willensstärker. Die Brücken, über die sie gegangen war, sprengte sie hinter sich. Die Trümmer flogen um sie und sie trug große Verletzungen davon. Vor Abgründen, die sich auftaten machte sie nicht halt. Sie verließ den Weg oft und stieg an ihren Rand, um tief hinab zu sehen, beugte sich weit vor... und manchmal war ein Hand da, die sie festhielt. Aber sie wollte mehr und träumte davon, über die Schluchten fliegen zu können. Nicht allein.

Eines Tages erreichte sie den Wald. Und sie ging in das lockende Unbekannte. Und verlor jeden Weg.

Verirrt. Und es war wichtig, sich zu verirren. Entgegen allem Kopfschütteln.

Es wurde dunkler um sie, das Gestrüpp wurde dichter und riss an ihren Kleidern, die kein Schutz mehr waren. Dornen schnitten in ihre blutende Haut und sie suchte nach den verschlungenen Pfaden und wollte zurückgehen. Endlich fand sie einen Weg, und obwohl sie wusste, dass er im Nichts enden würde, folgte sie ihm lange. Doch er brachte sie auf Ideen und ihre Fragen stellte sie sich neu und ohne Vorbehalte, glasklar. Ein schwacher Lichtstrahl führte sie schließlich durch das wirre Unterholz an den Rand des Waldes und sie konnte ihn verlassen. Sie rannte los... wieder rannte sie uneinholbar los. Kein Weg zurück. Sie konnte ihre Suche neu beginnen. Weil alles, das sie voller Angst wusste, nicht reichte. Es musste mehr geben. Mehr, als das was sie kannte. Und sie kannte viel, verstörend viel. Es musste mehr geben. Eine Erfüllung. Eine Wiese. Einen Abgrund, darüber zu fliegen.

Und wieder ein ruhiger Feldweg im Sommer. Die Luft flirrt warm, der Weg ist breit und gerade.
Sie folgt sich doch nur selbst. In ihre Tiefe.

Und keiner versteht...

Irgendwo wird es schon ein Land geben, in dem Blicke alles bedeu-
ten. Und Worte werden festmachen, was Blicke versprochen ha-
ben. Die Menschen werden dort selbstvergessen spielen können. Sie
werden teilen, was sich irgend teilen lässt. Die Türen werden keine
Schlösser haben. Gefängnisse werden nicht nötig sein. Sogar in den
Steinen wird die Liebe spürbar sein. Und über den Dingen wird
Musik liegen. Wir werden Farben sehen, die wir jetzt nicht ahnen.
Wir werden in unseren Herzen wohnen dürfen und dem vertrauen,
was wir dort vorfinden. Dahin will ich.

Ulrich Schaffer in „Das Schweigen der unendlichen Räume"

Formation

Es war ein ruhiger Sommertag in den Pyrenäen nahe der spanischen Grenze. Spätnachmittag. Die Sonne stand im Westen über den Bergen, die das Tal begrenzten. Das milde Licht; noch ein paar wenige Stunden, bis sie auf die Gipfel sinken würde. Die träge Ruhe auf dem Flugplatz war noch getragen von der Glut des Mittags; ein stiller Aufwind über dem Tal.

Zusammen fliegen. In Formation. Es war kein Plan, nur eine Entscheidung. Nichts abgesprochen. Sie nickten sich zu, kaum merkbar.

Sie kletterte in ihr Segelflugzeug und er sah ihr nach, wie sie mit ihrer Maschine am Windenseil in den Abendhimmel stieg, lautlos.

Er schloss die Haube, gurtete sich fest, überprüfte die Instrumente und startete Minuten später. Er reagierte auf jede Bewegung des Flugzeugs, verlor sie nie aus den Augen. Sie war noch weit vor ihm. Das Variometer schlug an, leichtes Steigen, er drehte den Ton des Instrumentes ab. Weil er alles spürte.

Er war schon sehr viele Stunden geflogen und sog jeden Moment, den er dort oben war, in sich auf: Die Kühle und Weichheit der Wolken. Das tiefblau über ihm. Den Kampf mit dem Wetter. Die grelle Sonne und die Reflexe im Glas des Cockpits. Das Alleinsein. Seine Atemlosigkeit über all diese Schönheit. Er war da. Und wünschte sich nach jeder Landung zurück.

Er war erschrocken über die Biergespräche und Technikverliebtheiten der anderen Piloten. Seine Heldengeschichten waren andere...

„Ich komme rechts von Dir", sagte er kurz und ließ die Mikrofontaste wieder los. Ein kurzes Knacken im Lautsprecher als Bestätigung. Mehr nicht. Sie wusste...
Er balancierte die Maschine aus, ganz leicht. Sie flog vor ihm in

die tiefe Sonne und er glitt vorsichtig neben sie, Meter für Meter. Es war ganz einfach. Er kannte ihr Vertrauen in das Flugzeug und hatte Vertrauen in ihre Bewegungen.

Er hatte einen Freund, mit dem er oft flog. Er wusste alles, wenn sie zusammen flogen. Mit wenigen Metern Abstand waren sie ohne Risiko in atemberaubenden Tempo tief über die Bäume geschossen. Kunstflug und schwierige Landungen. Lange Strecken. Er ahnte voraus, wie er flog. Sie hatten alles im Griff: knappe Worte über Funk, präzise Manöver, wilde Konzentration, losgeschossenes Adrenalin, keine Grenzen, blindes Gefühl. Wenn sie alles fast ausgereizt hatten, lachten sie nach der Landung. Schelmisch befreit, wie Kinder, die einen gefährlichen und total verrückten Streich gespielt haben.

Aber das hier war ganz anders.

Die Luft war ruhig. Er flog dicht neben ihr. Sie spielte mit dem Querruder und schob sich etwas näher. Er gab ihr den Raum, näher zu kommen. Sein Gefühl hielt die Höhe. Eine kleine Korrektur...

Fast schoben sich die Flächen der Flugzeuge ineinander. Zentimeter. Keine Gefahr. Die warme Abendluft trug sie beide. Gedachte Steuerbewegungen. Er sah zu ihrem Cockpit und war überrascht. Wie nahe...

„Links", hörte er ihre Stimme und der Funk verstummte wieder. Wie an einer Schnur gezogen wendeten die Maschinen, eng zusammen, er brauchte keinen Fixpunkt, an den er sich hielt, keine Konzentration. Er flog einfach. Mit ihr.

Er dachte daran, was sie unten für ein Bild von ihnen haben müssten. Oder ob es überhaupt jemand gab, der sie sah. Beinahe zwei Stunden glitten sie über das Tal, in einer Ruhe, die sich in ihnen ausstreckte.

Die Sonne berührte die Berge, als die Maschinen sich lösten und in die Platzrunde zurückfanden.

Er rollte dicht neben ihr aus, ihre Cockpithaube lag im noch warmen Gras neben dem Flugzeug; er öffnete seine und wußte, das sie ihm zusah.

Ein Traum.

Es gibt Träume, aus denen ich aufschrecken muss.

Ein schöner, warmer Tag.

Ich bin an der Küste, eine sanfte hügelige Dünenlandschaft. Das Gras wiegt sich milde in der Sonne am sanft abfallenden Ufer. Weit hinten kann ich das endlose Meer sehen, blinkende Reflexe der Sonne auf dem Wasser, Stille rundum. Ich bin allein.

Ich will an den stillen Strand und beginne loszugehen, erst langsam und dann immer schneller, das hohe Gras streift mir um die Beine und das Meer ist nahe, ich kann die Brandung sanft rauschen hören und laufe schnell weiter, als müsste ich mich beeilen.

Auf einmal sind die Dünen zu Ende und ich muss aus meinem Lauf jäh stehen bleiben: kein stiller Strand - ich stehe am Abgrund einer hohen Steilküste, die schroff und felsig wenige Millimeter vor meinen Fußspitzen nach unten stürzt. Ich wanke noch im Lauf, versuche mein Gleichgewicht zu finden, atemlos. Tief unten donnert die Brandung wild gegen die Steine.

Ich falle erschreckt nach hinten zurück ins Gras und halte mich an den Büscheln fest, kralle mich in die scharfen Halme des Strandhafers, die sich in meine blutenden Finger schneiden.

Ich stehe vorsichtig und unsicher auf, wie betäubt, gehe einige Meter zurück und falle ins Gras, sehe in den tiefblauen Himmel. Mir ist, als spricht mein Herz.

Ich fühle mich unerreicht und gehe los. Nicht mehr umsehen. Meine Knie zittern. Bei jedem Schritt.

Nur ein Traum...

Oder?

Der Rausch

Er gab sich mit nichts in sich zufrieden. Er wusste schon davon, als er vierzehn war.

Seine erste Liebe war heilig. Sein erster Kuss war ein Zusammenbruch.

Seine Sehnsucht riss ihn von den Füßen, wie ein Rausch.

Atemlos folgte er den Stürmen in sich. Die Wirklichkeit schreckte ihn ab und zu auf. Aber es war ihm, als müsse er einem Ruf folgen, der immer lauter wurde.

Als er das erste Mal mit einer Frau schlief, glaubte er, in sich zu verbrennen. Seine Freunde lachten nur, als er davon erzählte. So zog er sich zurück und wurde vorsichtig. Er beobachtete und war neugierig. Er wurde leiser. Seine Sehnsucht blieb freundschaftlich und gefährlich immer bei ihm.

Er stürzte sich wieder in das Feuer. Immer unvorsichtiger und immer heftiger. Jedes Mal, wenn ein Mädchen von ihm ging oder er gehen musste, starb er, und die Hoffnung, die ihm blieb, wurde zu seiner Suche.

Wie ein Rausch.

Er sagte, was er dachte und lebte, was in ihm war. Seine Freunde wichen ängstlich von ihm. Seine Strohfeuer waren ihnen zu heiß und seine Gedanken zu kompliziert. Sie taten seine Gedanken ab und begnügten sich mit schlichten und konsequenten Lösungen, die sie für richtig hielten. Aber er verstand. Ganz einfach.

Er machte sich auch Bilder. Sie waren nicht schwarzweiß oder grau. Sie waren voller Tiefe und mit wunderbaren Farben gemalt, die schwer zu erkennen waren. Viele empfanden sie nur als dunkel und bedrückend. Einige ließen sich von seinen Bildern berühren. Und wurden unvorsichtig.

Seine Liebe ahnte er als Schlachtfeld, denn überall blieben nur zerfetzte Herzen und zerschnittene Seelen zurück. Er wusste, das es kein Spiel war. Wie andere es spielten. Wie ein Rausch.

Er fühlte sein Scheitern genau und begann eines Tages, sein Herz zu ermorden. Er zerriss es nicht leichtfertig, aber er begann, es hart in kleine Stücke zu zerteilen, die er wie Puzzle-Teile in sich zerstreute.

Sein Erschrecken über die Wirklichkeit um ihn nahm etwas ab. Wohl fühlte er sich nicht. Auch wenn ihm vieles von dem gelang, was andere von ihm forderten oder erwarteten. Ein stiller Schatten legte sich auf seine Seele und versprach Ruhe. Und keine Endlosigkeit mehr.

Keinen Rausch.

Und etwas blieb über die Jahre, die gingen. Ein kleines, ruhiges Licht in ihm, das manchmal heller strahlte, als er es zulassen wollte. Ab und zu überstrahlte es den Schatten und er fühlte sich erinnert.

An den Rausch.

Und seine Erinnerung wuchs. Ganz vorsichtig, eine Pflanze, die beschützt sein musste; gegen Sturm, Regen. Gegen zermürbende Trockenheit. Und als er damit wieder wuchs, begann er, nach seinem Herzen zu suchen, das er zerrissen hatte. Er sammelte Teile in sich und fand einige. Stück für Stück.

Aber es fehlten ein paar und sein Bild wurde nicht fertig. Er fühlte schmerzhaft sein Zerbrechen daran, suchte weiter, ohne zu wissen wo. Und was. Wie in einem Rausch.

Nach langen Nächten und unruhigem Sehnen wusste er, welche Teile ihm fehlten: dass Worte oder Gedanken ineinander finden können. Ohne sein Zutun. Dass seine Träume wahr und gewollt

sind. Und niemand mehr etwas fordern muss. Dass er einfach los-
gehen kann. Suchend. In sein Leben.

Das kein Rausch ist. Das ein Rausch ist.

Er wird sie finden. Die verschütteten Teile.

Deine Spuren

Ein sonniger, strahlend klirrender Wintermorgen.
Kaffee. Chopin 's Präludien fließen ruhig durch das tief stehende Licht im Raum. In leichter Müdigkeit gehe ich meine Mails durch - jemand bittet mich um ein Foto für einen blog. Weil ich weiß, was sie haben möchte, beginne ich, ein paar Schubladen zu öffnen, um ein altes Album zu suchen, in dem ich die Fotos vermute.

Unerwartet fällt mir ein Umschlag mit dem handschriftlichen Vermerk „Vera" in die Hände.

Das gesuchte Album rückt in den Hintergrund. Ich setze mich, öffne den Umschlag und verteile seinen Inhalt vorsichtig über den ganzen Tisch: Briefe, Fotos, Konzertkarten, Zettel, Kalenderauszüge, Notizen......

Wir liebten uns sehr. Sehr sehr. Sehr.

Ich nehme die Briefe in die Hände. Noch vertraut: grüne Schrift auf beigem Papier, grünes Papier mit schwarzer Schrift. Jeden Abend eine Seite, jeden Tag. In Briefkästen gesteckt, hinter Scheibenwischer geklemmt. Unter Türen hindurch geschoben. Von mir auch.

Die ersten Zeilen, die ich lese, beginnen mit:
Und überall Deine Spuren....
Christophe schrieb sie oft. Mit *e*. Ich muss leise lachen und habe ihren Hamburgisch noch im Ohr. Eines Tages fand ich einen grünen Umschlag. Darin war der Schlüssel zu ihrer Wohnung.

Durchgemachte Nächte und eine politische Diskussion um sechs Uhr morgens.

Sie fuhr mir nach: Zum Flugplatz. Ich ihr nach Hamburg. Ich denke noch an den verpassten Anschluss-Zug und diesen kalten, öden Provinzneonlichtbahnhof irgendwo. Telefonkleingeld, damit wir uns nur hören konnten. Endlose Herbstspaziergänge und Lieblings-Dominosteine. Meine Krankenwache an ihrem Bett. Ihr „mich-nicht-verpassen-wollen". Unsere berauschenden Nachtleidenschaften. Endlos. Rosawolkig. Durchgeflirtete Tage. Fast ungeduldig. Aus heiterem Himmel miteinander schlafen. Zu wollen. Und Auswanderungsexistenzgründungspläne.

Dann schrieb sie:
Und ich denke: ich hebe sie alle auf, damit ich sie unbedingt unseren Kindern zeigen kann.... die geliebten „grünen Zettel".
Verrückt - oder doch nicht?!

Auf grünem Papier. Mein Gefühl weiß ich auch noch.

Bald trennten wir uns. Vielleicht waren wir einfach zu ungeduldig. Und wollten uns zu sehr.

Ab und zu noch ein paar Anrufe. Wie-geht's-Dir-was-machst-Du-so. Wir-könnten-doch-noch-mal.

Und dann verlor sich alles...

Vor ein paar Jahren versuchte ich, über das Netz eine Spur von ihr zu finden. Es gab eine Telefonnummer in einer Straße, die ich nicht kannte. Deine Spur. Und warum habe ich nicht angerufen?

Ja, der Umschlag.

Ich habe ihn wieder weggelegt. Ich brauche ihn sicher noch mal.

Jetzt bin ich ein bisschen traurig und weiß gar nicht, wieso....

Doch. Weiß ich schon..

Freundschaftsbuch

Es war der Geburtstag des besten Freundes, den ich überhaupt jemals haben werde. Gäste kamen und gingen. Am Abend saß ich mit einer gemeinsamen Freundin an unserem Küchentisch bis in die Nacht. Bei Kaffee, Wein, Chips, Tortillas, Dips und selbstgebackenem Pflaumenkuchen. Und natürlich unterhielten wir uns. Über Vergangenes. Über Erlebnisse. Über Ideen. Über Leute, die wir kennen. Und dann über Freunde. Über Freundschaften.

Als spät Nachts alles aufgeräumt war und ich dann alleine an meinem Schreibtisch saß - alle waren gegangen und es war sehr still im Haus - dachte ich an das Gespräch und erinnerte mich an alte Freundschaftsbücher.

Freundschaftsbücher sind für Kinder. Für Bücherregale und Erinnerungen. Dachte ich erst.

Nein.

Du trägst Dein Freundschaftsbuch mit Dir herum. Jeden Tag. Jede Stunde.

Sie tragen sich ein in Dein Freundschaftsbuch. Manchmal legst Du es ihnen vor. In Hoffnung. Andere nehmen es sich einfach. Nur wenige sind neugierig und blättern darin herum. Die meisten wollen einfach nur darin stehen. Du siehst still zu. Manchmal verwundert.

Sie sehen Dich. Sie erleben etwas mit Dir, von dem sie denken, dass es wichtig für sie ist. Du hältst es für wichtig.

Aus Deiner Hoffnung wächst Vertrauen. Du trägst es mit, Dein Freundschaftsbuch. Deine Freunde. Bist da. Viele Stunden. Manche mit Angst. Andere in Tränen. Wenige mit tiefer Freude.

Sie gehen einen Moment Deines Lebens mit Dir und glauben,

dass es Deine Wege sind. Oft sind es nur ihre.

Deine Hoffnung gibt Dir die Kraft, Dich ihnen unzensiert zu zeigen. Sie sonnen sich in dieser Kraft, ohne zu merken, wie viel sie Dir damit entziehen.

Eines Tages kommst Du nicht weiter. Vielleicht, weil Du etwas Neues in Dir entdeckt hast. Oder Dir etwas Angst macht. Oder weil Du aufmerksamer geworden bist. Wacher.

Du stellst direkte und offene Fragen. Nicht aus Neugierde. Sondern aus Ernsthaftigkeit und aus Zweifeln.

Aber sie sehen nicht Deine Fragen, sondern nur Deine Veränderung.

Und sie sehen auf Dich und begutachten Dich. Ganz plötzlich. Nicht, um Dich weiterzubringen. Auch wenn sie das mit ausgeklügelter Feinfühligkeit wohl kalkuliert vorschieben.

Sie reißen das, was Du denkst, was Du fühlst und zu erklären versuchst, mit ihren so richtigen Argumenten auseinander. So dass Du ohne Chancen bleiben musst. Und sie analysieren selbstherrlich sogar die verbrauchten Reste. Von Ankommen verstehen sie wenig.

Sie reißen ihre Seiten grob aus Deinem Buch und es wird schnell dünner. Du bekommst Angst vor Deinen Fragen. Vor Deinen Träumen und Ideen. Die richtig sind.

Was wird bleiben? Und wer?

Manchmal denkst Du daran, die Reste Deines Buches zu verbrennen.

Aber es gibt ein paar Seiten in dem Buch, die Du nicht vernichten kannst. Zwei. Vielleicht drei oder vier.

Und Du liest nach. Und findest in dünner und schön verzierter Schrift, die kurz vor dem Verblassen ist, etwas über Mitgehen, etwas über sanfte Wärme. Kaum noch lesbar.

Du findest etwas über Menschen, in deren Herzen Du frei wohnen kannst. Deren Sorge um Dich über allem anderen bleiben wird.

Denen Du nichts geben musst. Weil sie einfach da sind. Mehr nicht.

Johannes 15 | 13

Ausfahrt

Er wollte einen Tag für sich. Er traute seiner Hoffnung nicht mehr. Kein Suchen. Einfach nur losfahren.

Ein ruhiger Sommermorgen, der ihn über die weite Landstraße durch das Flachland trug. Die kühle Luft rauschte durch das halb geöffnete Fenster und er fuhr fast zu langsam durch Ebenen und Wälder; das tief stehende Licht spielte mit dem Geäst der Bäume und warf unübersichtliche Muster auf den Asphalt.

Eine Tasse Kaffee am Straßenrand. Irgendwo. Eine entspannte Fahrt. Bald war er am Meer und sah hinaus auf das Wasser. Ein langer Weg führte ihn über den menschenleeren Strand, er lief nahe an der Wasserlinie und kleine, sanfte Wellen verwischten seine Spuren und sein Kopf wurde frei. Seine Gedanken ruhiger, wenn er auf die Endlosigkeit des Wassers sah.

So lief die Zeit.

Dann war er auf dem Weg zurück. Er fuhr eine andere Route und kam am späten Nachmittag durch ein Dorf, das ihm merkwürdig bekannt vorkam.

Er hielt an und dachte nach. Die Bilder kamen wieder. Überraschend. Ihr Name. Er sah erstaunt ihr Gesicht und ihre leuchtenden Augen. Das halblange Haar. Als hätte ihn etwas sehr tief berührt. War das hier? Hier? Vor so vielen Jahren?

Er stieg aus. Er suchte nach der Straße, nach dem Haus. Er fand den großen Dorfplatz, den er wieder erkannte und fragte ein paar Leute. Nach ihrem Namen, nach der Straße, nach dem Haus und seine Aufregung wuchs. Sie nickten und wiesen in Richtungen. Er wurde unsicher, als er merkte, dass sie ihren Namen kannten. Dass sie real war. Das er sich nicht geirrt hatte. Er erinnerte sich an ihre Stimme, an ihre Haut; es war ihm, als würde sie in ihm aufstehen. Er wurde unruhig.
Die Stunden mit ihr, lange Fahrten mit dem Rad, sie lagen auf

der Waldwiese. Sie schrieben sich Briefe mit der Hand und ihre feine gestochene Schrift auf dem hellen Papier war ihm klar vor Augen. Das Briefträgerwarten. Wie die Sommernacht, als sie katzengleich aus der Tür huschte, um das Haus nicht zu wecken und auf diese Lichtung fuhren. Nichts, was ihre atemberaubende Verschlungenheit aufstören konnte.

Also ging er träumerisch die Dorfstraße hinunter und neugierige Blicke folgten jedem seiner Schritte. Wie eben ein Fremder beobachtet wird, der etwas sucht. Je weiter er den Weg ging, desto unsicherer wurde er. Seine Erinnerungen verwischten und die Häuser um ihn wurden ihm fremder, die Kreuzungen unbekannter: ab und zu ein Detail, das er erkannte. Einen Baum. Eine Bank. Einen Grenzstein. Der Waldrandhorizont. Gedankenflüge.

Ihr Lachen und ihre Neugierde, hell blitzend wie ihre Augen. Ihre fließende Leidenschaft, die durch nichts beschwert war und zum reißenden Strom anschwoll, der alles mitnahm. Und er wusste noch, wie er ihr folgen konnte. Auch in ihren Bewegungen. Ausstrecken.

War das hier? War das wirklich hier? Ich hätte alles aufschreiben müssen, dachte er und seine diffuse Erinnerung fing an, ihn zu stören. Als wenn er etwas verklärte.

Ja. Gespräche, die ihn ahnen ließen, dass nicht er selbst gemeint war. So wurde sie für ihn zur Bildermalerin, detailversessen, verrückt und leise. Er wunderte sich über ihre Phantasie und ihren leichten Pinselstrich, den er nie so hätte führen können. Wenn sie ihn küsste, nahm sie ihn gefangen. Immer. Und so pflückte sie ihn. Nicht achtlos. Aber er spürte den kurzen, stechenden Schmerz.

Ohne es zu merken, wich er zurück. Er ertappte sich dabei, in ihren Briefen zwischen den Zeilen zu lesen. Er fühlte sich unsicher und antwortete zu vorsichtig. Er hätte...

Er blieb stehen und holte tief Luft. War das alles hier? Die wilde Blumenwiese kannte er auch. Das warme Licht der sinkenden Sonne. Es war. Er wusste das.

Aber an ihr Haus konnte er sich nicht mehr erinnern und es erschreckte ihn, als er sich darüber klar wurde. Sein Gang zurück wurde schneller, seine Schritte unbeherrschter und er lief los. Als er schwer atmend auf dem Dorfplatz ankam und seinen Gang beruhigte, saßen die Leute immer noch dort in der Sonne, lächelten, nickten ihm zu. Vermeintlich wissend. Oberflächlich wohlwollend.

Unsinn, dachte er.

Ihr Bild wich nicht aus ihm. Jetzt nicht. Auch nicht, als er ging, vor langer Zeit: Sie saßen zusammen am kleinen Dorfteich, nahe dem Feld. Und er schob etwas vor, um sie verlassen zu können. Kleine Lügen mit vielen Wahrheiten. Sie hielten ihre Hände, ineinander verschränkt, ringend. Ihre Tränen waren lautlos, aber er hörte sie, als er aufstand und ging. Er hätte nicht bleiben können. Auch darin war er schuldig. Er wusste das genau.

Er setze sich verwirrt in seinen Sportwagen, startet das Triebwerk und fuhr los. Ein Blick in den zitternden Rückspiegel.

Die Straße vor ihm stieg steil an. In den Himmel. Und er gab Gas.

Abschied

Es ist Dein letzter Tag. Denn Du musst gehen.

Du hattest ein paar Tage Zeit, um alle anzurufen. Und an diesem Tag sind mehr gekommen, als Du erwartet hast. Es hat sich herumgesprochen.

Zeit für einen Abschied. Für Deinen Abschied.
So gehst Du an ihnen vorbei und nimmst ihre Blicke mit. In Stille. Es gibt keinen Gang, der schwerer ist.

Du siehst ihre Tränen. Ihre Unsicherheit. Ihren Ernst. Ihr Wegsehen. Und ihre Angst.

Du setzt Dich in diesen warmen, leicht abgedunkelten Raum. Und jeder wird zu Dir kommen, um sich zu verabschieden. Und Du hast für jeden nur diesen einen, kurzen Satz. Keinen verschachtelten, keinen mit endlosen Nebensätzen. Du hast nur diesen einen Satz.

Was wirst Du sagen?

Deinem Mann? Deiner Frau? Deinen Kindern? Deinen Eltern? Den Großeltern? Deiner Tante? Deiner besten Freundin, Deinem besten Freund? Den Bekannten, die gekommen sind? Deinem Nachbarn? Deinem Chef? Deinem Arbeitskollegen, der Dir das Leben schwer gemacht hat? Deinem Pfarrer?

Sie sind deinetwegen hier. Deinetwegen.

Was wirst Du ihnen sagen? In diesem einen Satz? Was?

Wenn der letzte gegangen ist, bis Du frei. Dann war es kein Abschied. Sondern eine tiefe Berührung.

Und Du kannst wiederkommen. Verändert.

Weite Fragen

Wir wissen voneinander. Seit dem ersten Blick, dem ersten Satz. Immer mehr. Und unsere Neugierde aneinander bleibt wie eine sinnliche, verlockende Begierde. Mehr als ein Interesse.

Ich vermute etwas in Dir. Weil Du etwas gibst. Mehr als Du musst. Und Du forderst mich. Obwohl ich mich vor Dir fast ganz entblößt habe. Sicher deswegen.

Ich weiß, wie Du aussiehst. Du ahnst viel hinter meinem Blick.

Deine Hand auf meiner Haut fühlt alles. Auch, wie ich küsse. Ich kann Deinen Atem spüren. Selbst wenn ich ihn nicht höre.

Wenn Du gehst, bin ich beraubt. Du willst wissen, wo ich bin.

Du bist kein Spiegel meiner selbst. Du bist mehr.

Alltagskämpfe gibt es nicht. Nur diese endlose Neugierde.

Und wie weit werden unsere Fragen gehen? Wie weit? Wie weit?

Werden sie scharf wie Waffen? Werden wir uns damit verletzen, eines Tages?

Nein. Sie werden wissend sein. Es werden weite Fragen. Die uns tragen können.

Vorbei

Wieder eine Liebesgeschichte. Die keine ist. Eine Geschichte, die voller Schmerz und Träume ist. Voller Zerbrechen, voller Einsamkeit und tiefer Trauer.

Sie hatten schon ihre Erfahrungen. Unglaubliche, die sie sehnsuchtsvoll nie im Leben vergessen würden; Erlebnisse, die nicht nur träumerisch waren. Es waren verletzende Erlebnisse, die ihre Seelen durchlöchert hatten. Erlebnisse, die ihnen glauben machten, zu wissen, was Schmerz bedeutet. Erfahrungen, mit denen sie zu dem wurden, was sie damals wussten. Sie glaubten, darin läge alles. Sie waren sich fast sicher...

So hofften sie weiter. Viel weiter.

Irgendwo lernten sie sich kennen. Irgendwie. Als ihr Interesse füreinander entflammte, glaubten sie froh, dass sie über einander gestolpert wären und das machte sie wagemutig. Sie schlossen sich auf.
Und auf einmal vergaßen sie viel von sich selbst.

Der Rausch nahm ihre Vorsicht nicht, er malte sie nur an: frohgemute Farben, die ohne Horizont zu sein schienen. Und: Ankommen wollen. Endlich. Wie alle anderen auch. Die ihnen Mut machten. Ihren Mut. Die angekommen waren. Ankommen..... aber wo? Die Wand der Erinnerungen, die vor ihnen stand, schien sich auf einmal mühelos durchbrechen zu lassen. Schien...

Was ihnen zuwenig an Geld, Zeit oder Arbeit war, ging unter in einer leichten Anarchie, die sie lachen machte. Lag alles vor ihnen? Alles? Zueinander aufsehen. Kinder, eine Wohnung, Perspektiven, Freunde. Alles? Lag alles vor ihnen?

Und so beendeten sie plötzlich ihre Suche und heirateten. Einfach so.
Nicht schwer: Eine Unterschrift. Schmucklose Ringe in Silber. Die Braut in der Kirche. In Weiß. Eine kleine, hübsche Feier mit un-

sicheren Tanzschritten, gut gekleideten Freunden, Verwandten. Aber da war eigentlich schon alles zu Ende.

Es war nicht mal der Alltag, der sie einholte in ihrer kleinen, freundlichen Wohnung, die so voller Perspektiven war...

Sie gingen ihren Interessen nach, als sei alles besiegelt. Und mit der Zeit kamen leise Zweifel, die sich erst nicht hören ließen. Und als das erste Kind kam, kamen sie sich nicht näher. Es war viel zu tun. Keine Zeit für Zweifel. Das Kind....

Nur die Suche nach hellen Momenten. Eine anstrengende Suche, die auf einmal anfing, etwas zu offenbaren, etwas freizulegen. So gingen die Jahre.

Als das zweite Kind groß genug war, brachen die Zweifel aus. Ohne dass sie es wirklich wussten. Sie schlichen sich aneinander vorbei. Jeder für sich. In Hochzeitstagen.

Ein drittes Kind?

Sie klammerten sich aus. Die Vorwürfe blühten. Erst unausgesprochen. Und doch. Leise und still. Undiplomatisch. Egoistisch. Die Verletzungen waren tief und ohne Herzschläge. Viel Gewalt darin, die namenlos war. Es ging um etwas anderes. Um ein langes Verstecken.

Und sie sagte: Geh!

Und er konnte nicht. Schließlich betäubte er alles, was noch in ihm war und unterschrieb. Er hätte alles unterschrieben. Alles.

Als er sie bei der Scheidung vor dem Richter sah, war ihm, als fände er sich in einem belanglosen Film. Er fuhr nach Hause, strich seine neuen Wände und weinte bei der Musik, die seine Anlage um sich schrie.

Sie fuhr nach Hause und flüchtete sich in andere Arme. Die sie vorbereitet hatte.

Es schien vorbei. Und die Träume kamen wieder.

Sie werden sich nie leugnen lassen. Nie mehr.

Sehn-Sucht.

Wir haben uns lange nicht gesehen. Zu lange. Vergessen habe ich Dich nicht. Werde ich nicht. Du warst ja immer da. Auch wenn ich nichts davon wusste.

Und dann treffe ich Dich heute in der Stadt. Glaube mir erst nicht. Und stürze doch auf Dich zu.

Stürze in Dich.

Ganz einfach und doch schwer. Ich lasse mich von dem überrennen, was fehlte. Und traue mir dabei.

Und dann sitzen wir uns gegenüber. In dieser Kneipe. Nach dem was-weiß-ich-wievielten Kaffee.

Ein Zufall. Ein Zufall?

Als wäre keine Zeit vergangen. Obwohl Du so weit weg warst. So sehr weit. Und alle Briefe und Telefonate nichts daran ändern konnten.

Mein Gefühl folgt sehnend jeder Deiner Bewegungen: Wie Du Dir diese Strähne aus der Stirn streichst, wie Du Dein Glas hältst, Dich zurücklehnst, atmest, wie Du bist. Alles ist vertraut. Alles.

Wir reden wenig. Aber wir suchen oft unsere Augen. Und jeder Blick trifft. Verschlingt alle Realität. Wir beschützen diesen Moment in uns. Er ist unantastbar. Und absolut.

Als wenn nur die Nacht uns hält. Mein Herz überholt mich, als wir die Hände über den Tisch schieben und sich unsere Finger berühren. Alle Worte verschwinden.

Weit nach Mitternacht, als wir durch den Nebelpark laufen. Still. Nebeneinander. Berührungslos. Denn näher waren wir uns nie. Du du stehst am Stamm der großen Linde, hebst den Kopf schließt die Augen. Und ich darf nicht. Noch nicht. In meinem Sehnen. Aber meine Blicke berühren Dich schon.

Erst, als wir in Deiner Wohnung sind, alle Türen abgeschlossen sind, niemand mehr da ist, haben wir uns.

Dein glühender Blick, als Du Dich an die Wand lehnst, ich nur Deine abgespreizten Hände halte, um mich von Dir besinnungslos küssen zu lassen. Tiefernst. Süchtig. Und vorhergesagt. Wir zerwühlen Deine Wohnung, denn es ist nie genug Platz für uns in dieser Nacht. Unsere Seelen zerwühlen wir nicht.

Eine alberne Sonnenaufgangskissenschlacht in großem Ernst vor einem endlosen Tag.

Wir sind haltlos.

Sehn-Süchtig werden wir bleiben. Auch wenn Du nicht mehr hier bist. In mir bist Du. Und ich in Dir. Immer.

Schneespuren

Wieder bin ich allein ein paar Stunden im weißen Nichts. Fast eine Sehnsucht, früh dahin zu gehen, wo ich niemanden finden werde. Nur meine Spuren im Schnee, die sich irgendwo hinter mir verlieren. Von weitem bin ich nur ein kleiner schwarzer Punkt, der sich im Weiß bewegt, der bald verschwindet...

Greller Schnee - eine endlose Fläche, die den Augen keinen Halt versprechen. Ich finde kein Ziel in dieser erstaunlichen Weite. Alles konturlos zugedeckt. Ab und zu ein Halm, der sich störrisch aus einer Verwehung reckt. Mehr nicht. Es bewegt sich nichts. Häuser wie verlassen weit entfernt, verwehte Brücken über den Kanal, keine Spuren; der Wald als schwarzer Rand vor grauem Himmel.

Als wäre alles Leben vor der Kälte geflohen, an ein unbekanntes Ziel.

Ich überlege, was ich wirklich tun würde, wenn ich wüsste, dass alles um mich verlassen ist. Wo würde ich die Nacht verbringen? Was könnte ich essen, trinken? Wohin könnte ich mich flüchten?

Ein ewiger Marsch mit der Hoffnung auf Wärme, Frühling, Sommer...

Und dann?

Die Stille um mich beruhigt. Kein Geräusch, nur knirschender Schnee unter meinen Füßen, ich höre meinen Atem. Kein Wind. Als wäre ich allein auf der Welt. Ab und zu eine Ahnung von Spuren im tiefen Schnee, längst verweht. Eine erdrückende Gleichförmigkeit.

Auch im Wald ist alles erstarrt. Bewegungslos. Die Last des Schnees ist den Bäumen abzuspüren.

Ich muss stehen bleiben, um mich zu vergewissern.

Aber es ist nichts zu hören. Die Stille dringt unaufhaltsam in mich und als ich langsam weitergehe, wird mir jede Bewegung zu laut.

Stiller werden. Ruhiger. Aufmerksamer. Auch für sich selbst. Jeder Schritt verändert etwas.

Ein kurzer Blick zurück.

Demut

Manchmal ist es mir, als müsste ich niederknien.

Nicht vor Helden oder Gutmenschen. Nicht vor denen, die alles im Griff haben, die ruhig, ewig besonnen und bespielhaft sind. Nicht vor denen, die als Vorbilder überspannt sind. Nicht von denen, die leicht verständliche Bilder malen und Erwartungen schnell erfüllen. Nicht vor leichten Worten, die alles vereinfachen. Auch nicht vor denen, die gleich immer die Bibel zücken und auf alles Antworten haben.

Ich möchte manchmal niederknien, vor denen, die es nicht schaffen.

Die sagen: Ich habe aufgegeben. Ich kann nicht mehr.

Die alles verloren haben.

Die von der Hölle wissen.

Deren Ehen scheitern.

Trotz aller Christlichkeit, trotz ihres tiefen Glaubens.

Deren Träume verbraucht sind.

Die ihre Widersprüche verstanden haben.

Die an dem zweifeln, was ihnen heilig ist.

Die sich nicht auf andere verlassen und nur sich selbst haben.

Die sich nicht mehr in ihren Gemeinden wiederfinden.

Die ihre Angst auch als Hoffnung erkennen.

Die sich nicht zufrieden geben mit dem, was zufrieden macht.

Vor denen, die staunen.

Die wissen, was in ihnen ist.

Die die richtigen Fragen haben und vieles endlich durcheinan-
derbringen.

Die ihre Welt oft nicht mehr schaffen können.

Deren Selbstbewusstsein einer Feder gleicht, die durch einen
Lufthauchweggerissen werden kann.

Deren zärtliche Angst um andere mehr beschützt, als alles sonst.
Die von ihrer Verantwortung wissen.

Von deren Tränen ich weiß.

Die ganz leise zuhören.

Nichts sagen.

Weil sie keine Worte brauchen.

Ende Mai.

Heute. Es ist Ende Mai. Seit Stunden regnet es. Still sitze ich an meinem großen Fenster. Lange Zeit...

Es ist dieser langsame und so träge, warme Landregen. Ein ertränkendes Grau am Himmel; das Licht macht das viele dunkle Grün melancholisch und so sehr schwer.

Und wie ich jetzt schreiben kann, weiß ich eigentlich nicht...

~*~

Vor dieser Zeit regnete es auch so. Ich kam nass in der Schule an, abgehetzt stieg ich vom Rad, fiel in den Unterricht, viel zu spät. Viel zu spät. Ich konnte Dich nicht erwarten, wie sonst. Unten, am Eingang: ein karger Betonsteinschulhof, ein dumpfgrau gestrichener Eisenzaun, der auf eine halbhohe Brüstung aus bemoostem Waschbeton montiert war.

Ich bemühte mich immer, früher da zu sein, als Du. Immer. Kaum, das ich mein Fahrrad unter dem rostigen Wellblechdach des Unterstandes abschließen konnte. Ich wusste, wann Dein Bus kommt. Wo er hielt. Und ich lief in ernster Eile an diesen grauen Eisenzaun, um für Dich da zu sein. Weil Du mein Morgen warst, an jedem Tag.

Aus den zischenden Bustüren quollen Schüler, unruhig und wild, laut. Oft kamst Du als letzte. Ruhig bist Du immer ausgestiegen, ich sah Deine flachsblonden Haare, da war Deine bunte Wolljacke und mein Herz. Die Tasche hattest Du leicht umgehängt und immer etwas, das Dich neu schmückte: eine Feder, ein Blume, ein Blatt. Deinen stiller Blick, der mich immer fing, wenn wir die paar Minuten vor dem Schuleingang an diesem grauen Zaun standen. Wir sagten wenig, eine leichte Berührung in unseren Worten, keine auffälligen Küsse, sondern Augen in denen Freude war, Ankommen und Sein. So lange, bis eine unerbittliche Klingel uns in den kalten Zweckbau rief.

Du hast links hinter mir gesessen, in einer anderen Reihe. Keine Briefchen. Sondern Daseinswissen.

Nicht an diesem Morgen, als ich nass in die Klasse stürzte und den kopfschüttelnden Lehrer übersah. Dein Platz war leer und ich unruhig. Ahnungsbeladen.

Also hetzte ich durch die Pause zur Telefonzelle in der Nähe des grauen Zaunes, wählte mit fliegenden Fingern die Nummer und hoffte auf Deine Stimme. Auf die Deiner Mutter, die sagte, Du seist krank. Dass niemand abnahm, verwirrte mich sehr. Sehr sehr sehr. Ich hängte ein, das Kleingeld klirrte in den Ausgabeschacht. Ich rief wieder an. Wieder und wieder. Und wieder. Mein Kopf wollte nur noch das tun, was mein Herz sagte. Ich floh auf den Schulhof und suchte Deine Freundin.

~*~

Ich war oft bei meinem Freund, der jenseits meiner Stadt in einem kleinen Ort am Berg lebte. Wir waren in der gleichen Klasse, ein Jahr vor dem Abitur. Er lebte alleine in einer kleinen Mansardenwohnung mit einem räuchernden Ölofen und verdiente sich Geld, indem er vor der Schule Zeitungen austrug. Wenn ich aus der Stadt mit dem Rad zu ihm kam, brachte ich ihm oft irgendwelche Lebensmittel mit, die ich aus dem Kühlschrank meiner Eltern requirierte. Die Schule war uns nicht so wichtig, lieber ließen wir bis in die Nacht unsere Fantasie fliegen und träumten uns irgendwo hin oder streiften tagsüber endlos durch die Wälder, wussten in jedem Baum eine Geschichte, in jedem flirrenden Lichtstrahl eine Offenbarung und in der Stille ein Ziel. In unserer Klasse waren wir nicht beachtet, weil wir uns nicht für Fußball und Motorräder interessierten, Fontane, Hesse und Novalis lasen und lieber Genesis oder Pink Floyd hörten, als irgendwelchen Disco-Kram.

Spinner.

Wir saßen nebeneinander und schlugen uns durch. Die vielen

Freundinnen, die wir ab und zu hatten, schienen nicht viel davon zu verstehen, schlossen ihre Schubladen, in die sie uns steckten und verschwanden wieder. Bis zur nächsten. Aber es musste etwas geben. Darüber hinaus. Das wusste ich genau.

Gesehen hatte ich Dich schon. Aber dann war der Tag, als ich Dich wahrnahm und ich es mir verschwieg. Und wir unseren Blicken nicht mehr trauten. Wir hätten es können. Und eben darin war mehr, als wir je vermuteten.

Der Abend, als mein Freund Dich ohne mein Wissen mit zu sich einlud und uns heimtückisch zwang, die Bolgonese aus angeblichem Geschirrmangel aus einem Teller essen zu lassen. Ich weiß noch von dem warmen Lachen in seinem Blick. Von Deinem so aufgeregten Herzklopfen, das ich mehr spürte, als mein eigenes. Auch davon, wie spät es wurde. Ich weiß noch davon, wir wir unsere Räder nahmen und bergan schoben. Sie am Rand der Straße ins tiefe Gras sinken ließen und unsere Hände nahmen.

Für den leisesten Kuss, den Gott je sah.

Ich erinnere mich an Dein Strahlen, das so tief aus Dir kam, wie ich es nie erwartet hätte, nie erhoffte, nie erfleht hätte, als wir vor Deiner Tür standen - spät nachts unter diesem unfassbaren Mond. Ich erinnere mich an das Strahlen im Gesicht Deiner Mutter, die Dein Herz verstand, als sie uns öffnete. Ich erinnere mich, wie sie uns so tief in der Nacht heißen Tee kochte und wir bis zum blauen Morgen in der Küche saßen. Bis ich angekommen nach Hause fahren konnte.

~*~

Und Dein Platz war immer noch leer. Der zweite Bus längst gekommen und weggefahren. Der nasse Schulhof in überschaubarem Grau. Bis ich Deine Freundin fand, sie tief verstört nach Dir fragte. Und ich nicht ertrug, dass sie mir sagte, ich hätte nichts verstanden und mir nicht sagen könne, wo Du bist. Und ich mich rasend fand. Rasend vor tiefstem Unglück, vor unfassbarer und endloser Einsamkeit. Gebrochenen Herzens aus dem Unterricht jagte, mein Rad durch den schweren Regen peitschte zu dem Ort, von dem ich wusste, dass Du hier Deine Einsamkeit hattest. Den ich vorher nie allein berührt hatte.

Ein alter Friedhof im Herzen der kleinen Stadt, ein üppiger, grüner Park, der über verwitterte Grabsteine wucherte, fast unberührte und verschlungene Wege zwischen alten und würdigen Bäumen, eingefriedet von einem hohen, geschmiedeten Metallzaun; Tore, begrenzt von bemoosten Sandsteinsäulen, an die ich mein Rad lehnte. Ich kannte jeden Weg, ich lief betäubt, wie getrieben von einer unheimlichen Angst, der feine Kies der Wege zerstob nass unter meinem Lauf, der so langsame Regen schluckte den Duft der allgegenwärtigen Rhododendronblüten, die durchnässt und müde herabhingen.

Ich fand Dich nicht. Tränenvoll. Kein Regen. Sondern Tränen. Alle, die ich hatte. Inmitten alter Gräber und diesem unfassbar schweren Grün.

~*~

Wie oft waren wir hier gelaufen. Leicht hielten wir uns an den Händen, als hätte je alles an Leichtigkeit überboten werden müssen. Briefe und Briefe und Briefe. Sonnenwärmetage, die uns endlos waren. Erdbeerkuchen auf der Terrasse mit Deinen Eltern, die wussten, wie wichtig ich für Dich war. Im Gras auf dem Rücken: Wolkenzählen. Deine Hand immer in meiner. Ohne Angst-Gespräche. Küssen musste ich Dich nicht. Manchmal doch. Zu vorsichtig. Es reichte, Dich bei mir zu wissen. Neben mir. Mit mir. Da.

Lange Touren mit dem Rad, dorthin, wo ich niemals vorher sein konnte. Und vor Deinem Dorf: so oft zogen wir durch die vorsommerlichen Felder, kletterten über tiefe, feuchte Gräben, durchstreiften die satten Wiesen, lagen im frischen Schatten der alten Bäume; Deine Feldblumensträuße waren leise und prachtvoll, wir saßen schweigend in sinkender Sonne, bis uns die Dunkelheit mit ihrer aufsteigenden Kälte in Dein Zimmer schickte. Auf Deinem Bett träumten wir uns wortlos davon, Hand in Hand. Jeden Tag. Fuhr ich zu Dir mit dem Rad. Jeden Tag.

In der Nähe dieses Sees trug ich Dich auf meinen Armen über das feuchte Sumpfgras, kein Gewicht war mir je leichter. Das erste dunkle Gewitter Ende Mai, wir verließen trotzig und heiter den Schutz des Wäldchens, hautnass der warme Regen an uns im freien Feld, ein paar tausend Meter zum trockenen Haus...

~*~

Am Nachmittag war ich fast verblutet. Die Stimme Deiner Mutter am Telefon. Dir gehe es gut. Du wärest fort.

So verlor ich Dich.

Wir kannten uns zu sehr. Wir waren uns zu nahe. Du hast das früher verstanden, als ich.

Du konntest gehen. Ewige Wochen später ich konnte Dich loslassen. Weil ich erst dann verstand.

Zu spät.

Ein Sturm

Jeder Sturm beginnt mit der Stille. Auch in uns.

Er ist schwer vorhersehbar und nicht zu berechnen. Er baut sich auf. Ganz leise, fast unbeobachtet. Auch von uns selbst.

Die Luft ist ruhig, blau. Alles ist so wie sonst. Normal. Vorhersehbar. Es reicht ein kleiner Impuls. Irgendwoher. Ein sanfte Brise vielleicht. Eine warme Sonne, deren Strahlen heiß in die Wolken stechen und sie sanft aufquellen lassen. Nichts Beunruhigendes. Doch wir ahnen noch nichts von den Turbulenzen in den Wolken, die noch weich und weiß im Blau stehen. Oder doch? Wir sehen nichts von der aufgewühlten Kraft, die sie wachsen lässt. So werden sie langsam größer und ihre Macht wächst.

Aus der Brise wird ein unvorsichtiger Windstoß, der die Blätter der Bäume, die schützend um uns stehen, kurz und lebhaft aufrauschen lässt.

Ein Zeichen... Aber nichts Besonderes eben. Ein Windstoß, den wir kennen. Gut kennen. Es sind mehr Wolken geworden. Naja. Aber sie werden größer. Ihre Unterseite zeigt dunkles Grau, eine vorsichtige Leidenschaft deutet sich im Aufquellen der weißen Türme an. Erst als sie zusammenwachsen, werden wir wach, sind aufgestört.

Und der Wind nimmt zu. Unsere Ruhe, wissen wir, ist vorbei. Ein kräftige Böe entlässt den Blätterwald aus seiner Lethargie und die Äste erheben sich wild, als sehnten sie sich nach Bewegung. Die Wolken ballen sich kontrastreich zu einem Teppich, der mit dem Horizont verschmilzt. Alles einnimmt. Alles umgibt, umschließt. Der Wind - auf einmal ist er stark und nimmt uns mit, treibt uns vor etwas her, willkürlich, wie ein unruhiges Herz, das endlich seinen Rhythmus findet und loschlägt.

Am Horizont im Gegenlicht sinken die Wolkenfetzen und erste, diffuse Regenbänder lassen sich in der Ferne erkennen. Wenig später brechen die Dämme und wild treibt der Regen, gedrängt vom Wind, der seine Kraft fast ohne Maß entfacht und alles, alles mitzunehmen scheint. Blätter jagen und Wasser und Zweige sind in der Luft, alles, was angestaut war, bricht sich rasend Bahn. Das aufgebrachte Toben in all seiner Unruhe schießt wild um uns und nimmt jeden Atem, verwirrt und lässt staunen. Ohne jede Anstrengung entlädt sich alle Kraft des Sturmes, lange angestaut, zügellos und doch mit einem Ziel, das nicht zerstörerisch ist... Auch, wenn es so scheint.

Die Leidenschaft vollendet sich in der Schönheit des Himmels, als die Sonne hart die Wolkenlücken durchbricht und den entferntesten Punkt entflammt.

Auch in uns.

Es wird ruhiger, wenn der Sturm weiterzieht und im aufziehenden Abend seine Kraft verliert. Letztes Wasser, das fast lautlos von den wieder stillen Kronen der Bäume perlt. Die Luft ist seidig und sanft, wie gewaschen. Voll sanfter Wärme. Die Sonne sinkt durch eine letzte Wolkenbank, strahlt danach noch einmal grell und blendend auf, als wollte sie alles übertünchen.

Danach wird es dunkel und die Nacht legt sich vorsichtig über alles, hüllt alles ein. Wie sonst auch.

Nein.

Nach einem Sturm ist nichts mehr, wie es war.

Ein Morgen

Er stand spät nachts auf der Brücke, die die Autobahn hoch überspannte. Er sah hinab: Unter ihm das stetige Brausen, rasende Fahrzeuge, Lichtspuren in der Schwärze, das kalte Metallgeländer von seinen Fingern umkrampft. Nur Zentimeter....

Ein Rückblick, dachte er. Ein dunkler Vorhang, der sich etwas öffnet. Lichtstrahlen hineinlassen, wünschte er. Es würde reichen.

Was nicht reichte, wußte er genau.

Erklärungen würden nicht reichen. Kein Wohlwollen. Keine Worte. Leichte Antworten würden nicht reichen. Seine Erinnerungen würden nicht reichen. Auch nicht seine guten Erinnerungen. Sein Geld auch nicht. Er konnte sich nicht mit Ruhe füllen. Ablenkung würde nicht reichen. Seine Ziele scheinen ihm zu gering, zu klein. Unerbittlichkeit sich selbst gegenüber würde nicht reichen. Er hatte es versucht und aufgegeben. Seine Träume hatte er zerschnitten. All das war schon früh in ihm. Namenloser als jetzt. Und doch da... Als müsste er etwas in sich aufsparen. Dem er einen Namen geben könnte... irgendwann.

Das kalte Metall unter seinen frierenden Fingern. Er sah hinüber zur Waldkante. Nicht mehr weit bis zum Morgen, dachte er. Nur ein paar Zentimeter...

Der Winter war vorbei. Ein großer Winter. Weite Schneefelder, blendend hell und unausweichlich. Er wusste, wie es ist, mit dieser Weite zu kämpfen, mühevoll einen Schritt vor den anderen zu setzen, einzusinken, er kannte die Kälte, die ihn erfasste. Mit der er sich vereisen wollte. Seine Spaziergänge in den Winter wurden länger. Schmerzhafter. Er zwang sich hart, zu gehen. Weiter als sonst. Vieles hinter ihm verschwand. Freunde, Ideen, Hoffnungen. Die Nächte wurden zur Falle, Träume unerträglich. Sein Schmerz oft körperlich.

Seine Sehnsucht blieb. Nach Sommer. Nach Hitze, nach Besinnungslosigkeit, nach Bedingungslosigkeit. Verbrennen. Endlosigkeit.

Der Fluss der Autos unter ihm riss nicht ab und verschwand flirrend am Horizont. Er beugte sich weit über das Geländer und seine Finger ließen das kalte Metall los. Nur ein paar Zentimeter...

Und dann? Die entsetzte Trauer, die er hinterlassen würde. Löcher. So tiefe Wunden. Er hatte darüber nachgedacht, was sie sagen würden. Dass sie es nicht verstehen könnten. Dass er doch alles hatte. Dass es ihm doch gut ging. Das sich doch alle bemüht hätten. Dass er doch Verantwortung gehabt hätte. Beliebt war. Schwer zu verstehen. Und warum man nichts gemerkt hätte. Er hätte doch etwas sagen können. Wie egoistisch. Er war doch nicht allein. Irgendwo anrufen.

Es würde nichts ändern. Nichts.

Das erste Zwielicht des Morgens über den Bäumen, ein leiser Nebel in den Niederungen. Er verließ die Brücke, verschwand im Wald, eine Spur im Schnee...

Ein Blick würde reichen, dachte er.

Zurück

Sie sah in das Buch, las unaufmerksam ein paar Zeilen, versuchte, sich an die Buchstaben zu zwingen, schweifte ab, klammerte sich an den nächsten Absatz, bis ihr die Zeilen unscharf wurden und glitt bald weit davon...

So saß sie dort, das Buch aufgeschlagen vor sich in der Hand, ihre Augen schienen weit weg zu sehen. Das warme Licht an ihrem Tisch bildete sie ab und setze das kleine Zimmer um sie in unendliches und raumloses Dunkel. Wie ein Gemälde.

Es war still im Haus. Diese Tage, an denen es schon so früh dunkel ist.

Er war schon lange gegangen. Sie wusste, dass er an diesem Abend wegfuhr. Sie wusste auch, wohin. Zu guten Freunden. Kein Grund, sich Sorgen zu machen. Kein Grund. Es würde etwas dauern, ihn zurück zu wissen.

Ihn zurück zu sehen dauerte nicht lange. Obwohl sie sich schon so endlos kannten.

Ihr war nach seiner Hand, oben auf ihrem Rücken, beinahe im Nacken. Ganz leicht und ganz schwer. Von seinen Blicken zu wissen, wenn er hinter ihr stand, über ihre Schulter sah. Es war ihr zu still heute.

Sie lehnte sich zurück, hörte ihren Atem, strich sich eine Strähne aus der Stirn. Es war spät.

Bald stand sie auf, ließ das Buch liegen, ließ das Licht brennen.

Das heiße Wasser perlte in glitzernden, kleinen Rinnsalen über ihre Haut; es machte sie müde und ließ einen weichen Nebel im Bad zurück. Sie trocknete sich im Halbdunkel ab und sah sich im großen beschlagenen Spiegel an: Eine weichgezeichnete, verschwommene Silhouette....

Sie wollte ihn hinter sich wissen. Seine warme Hand an ihrer Taille. Wie sie still das Handtuch wegschiebt. Und ihr Herz wollte sie losschlagen hören. Ihrem Verlangen nachgeben.

Der Regen rauschte beruhigend sanft gegen das Fenster.

Er saß sicher lachend irgendwo, vielleicht ein Bier und viele Geschichten, überlegte sie, als sie im Bett lag und über sich die weiche Decke in angenehmer Schwere spürte.

Und dann wusste sie, wie er kurz an sie dachte, fühlte sich berührt, einen flüchtigen Augenblick. Wie ein gehauchter Kuss, kaum wahrzunehmen und doch da und von unfassbarer Intensität. Und sie traute sich diese Empfindung kaum zu. Wider ihr Wissen.

Sie spürte ihre große Müdigkeit und drehte sich auf die Seite. Die Augen wurden ihr schwer. Schlafen konnte sie nicht. Ihre Hand wanderte wie suchend auf seine Decke. Dorthin, wo sie ihn sonst wusste.

Sie dämmerte leicht, immer an der verwirrenden Grenze zwischen Wachsein und Schlaf. Alle kleinen Geräusche schienen zu laut. Sie suchte den Klang seines Autos, den sie genau kannte. So trieb sie unruhig in die Nacht. Und die Stille nahm zu.

Er lag jede Nacht bei ihr. Nur ein paar Zentimeter entfernt. Wenn sie aufschreckte aus einem Traum, traute sie sich nicht, seinen ruhigen Atem zu stören. Es reichte, dass er da war. Wenn er fort war, reichte es nicht.

Sie war seine Liebe. Die nichts forderte. Alles verschlang. Unsicher war. Einsam. Leidenschaftlich. Und demütig. Still und aufrührend. Sehnsüchtig. Vorsichtig und leicht und schwer.

Er war ihre Liebe. Die unruhig war. Manchmal kühl. Fordernd. Hingebend bis an jeden Horizont. Traurig und verworren. Neugierig. Haltlos und schwierig. Aufbrechend. Sehnend.

Sie schwebte in vorsichtigem Halbschlaf. Zu müde und zu wach.

Als sie wie durch Watte hörte, wie er mit dem Schlüssel die Haustür von innen für die Nacht verschloss, fiel alles von ihr ab und sie wusste über diese Nacht.

Er löschte das Licht und strich ihr sanft über die ruhige Stirn. Sie streckte sich aus.

In einer anderen Unruhe, der sie sich leicht hingeben konnte.

Wagnislos

Sie kannten sich sehr gut. Schon eine lange Zeit. Vielleicht viel besser, als es erlaubt war. Und sie wussten voneinander. Sie wussten sehr viel. Viel mehr als Menschen, die sich länger, deutlich länger kannten, als sie.

Sie teilten etwas aus ihrem tiefen Innersten, von dem sie selbst überrascht waren. Sie waren überrascht, dass es in ihnen auftauchte, dass sie es in sich zulassen konnten. Sie waren überrascht, dass sie es gegenseitig zulassen durften.

Ihre Schritte darin waren oft kompromisslos und hart. Aber nie unüberlegt. Immer voller Vertrauen. In dem Wissen, den nächsten Schritt gehen zu dürfen. Unbeschadet. Und reich.

Eines Nachts lag er lange wach. Obwohl die Müdigkeit ihn fast eingeholt hatte. Er dachte an all diese Unglaublichkeiten.

Und er dachte plötzlich daran, was passieren würde, wenn er ihr alles von ihm anvertrauen würde, den Rest.

Also alles.

Ein Wagnis.

Sich dieser absolut unvergleichlichen Verletzlichkeit auszusetzen.

Was würde dann sein?

Was?

Klagelied

Ich werde das Bild dieses Jungen nicht los.

Es war ein Spätsommer-Nachmittag zum Ende der Woche, wie er schöner kaum hätte sein können.

Fast windstill; die September-Sonne stand tief und warf mildes Licht auf Bäume, deren Blätter sich schon sanft verfärbten. Es war nicht mehr warm – aber angenehm. Ein schöner, wolkenloser Nachmittag. Ich weiß das noch sehr gut.

Es muss passiert sein, als ich gerade nach Hause kam, zu meinen Kindern. Jedenfalls dachte ich genau daran, als ich über den Unfall am nächsten Morgen in der Zeitung las.

Der Junge bog mit seinem Mountainbike auf der Kuppe der Brücke ab und übersah den grünen Polo. Das Bild in der Zeitung zeigte das verbogene Rad, das Auto. Der Junge wurde schwer verletzt, ein Hubschrauber flog ihn in die dreißig Kilometer entfernte Kreisstadt. Das stand in der Zeitung.

Ein paar Minuten später erfuhr ich von dem Tod des Jungen. Und ich sah das Bild. Und ich wusste, dass er unsere Schule besuchte, dass ich mich an ihn erinnern konnte.

Er ging in die 5. Klasse und wurde 10 Jahre alt. Er starb in der Nacht.

Ein kleiner, machtloser Altar in der Aula der Schule. Sein Bild, eine Kerze, ein paar Dinge, die ihm gehörten. Zeilen, die er schrieb. Immer wieder Schüler dort. Bis heute.

Es dauerte eine Zeit, bis diese Trauer unwirklich stark in mir aufstieg.

Das Bild des Jungen. Ein ruhiges Bild. Ein offener Blick. Ein zufrieden dreinschauender, hübscher Junge. Zehn Jahre alt.

Und ich habe an den Vater des Jungen gedacht, an seine Frau.

Immer wieder. Und immer wieder.

Ich habe daran gedacht, dass ich auch so einen fröhlichen Jungen habe, eine Tochter.

Ich habe an den Fahrer des grünen Polo gedacht, den keine Schuld trifft. Ich habe etwas von dem maßlosen Entsetzen gespürt, nur einen kalten Hauch.

Aber es hat gereicht. Es hat gereicht, dass ich in mir geschrien habe. Laut und hilflos.

Und meine Fragen nehmen seither kein Ende.

Wie groß dieser Verlust ist!

Wie groß! Wir groß! Wie groß!

Wie viel dieses unglaublichen Leids lässt sich ertragen? Wie viel?

Meine Vorstellung wehrt sich. Blockt ab.

Und es wird nie ein Ende finden. Niemals. Immer wird die Erinnerung da sein. Irgendwo. An die Geburt, den Kindergarten. Auf einer Autofahrt. Im Haus. Auf Bildern. In Gegenständen. In zehn Jahren Zeit. In schönen Erinnerungen. In Gedanken. In Einsamkeit. In Freunden.

Wie viel dieses unglaublichen Leids lässt sich ertragen? Wie viel?

Und meine Angst nimmt zu.

Einen Tag später finde ich die Traueranzeige. Es ist eine sehr sprachlose Anzeige. Und ich weiß ganz genau, wie nahe mir diese Sprachlosigkeit ist. Es gibt keinen Ausdruck.

Und meine Trauer verstärkt sich. Und meine Fragen bleiben ungehört stehen.

Zwei Bilder.

Und abends – es ist spät – gehen wir wie sonst auch an das Bett unseres Jungen, um zu sehen, ob er gut schläft. Er schreckt kurz hoch – noch im Schlaf; ich rede leise zu ihm. Wie schnell er sich unter unseren Händen beruhigt und in seine große Traumwelt zurücksinkt....

Im Zimmer unserer Tochter - sie sitzt im warmen Schein der Lampe. Beinahe reglos in eine Decke gehüllt auf dem Bett, vertieft in ein Buch. In ihrer Welt. Unantastbar. Ich betrachte dieses ruhige Bild staunend und schleiche mich lautlos und unbemerkt aus dem sanften Licht. Nicht stören....

Geben wir genug?
Machen wir richtig?
Vertrauen wir?
Und ich werde das Bild dieses Jungen nicht los.

In der Nacht sitze ich benommen bei meiner Frau. Die Trauer ist greifbar. In unseren Augen.

Die Kinder sind alles, was wir haben., sage ich. Ja, sagt sie.

Das Bild dieses Jungen. Es ist in uns. Bei dem, was wir tun.

Das hoffe ich.

Den Eltern.

Weitere Veröffentlichungen des Autors:

twitter:
@chris_huebener

blog:
chrishuebener.posterous.com

Autorenblogs:
theolounge.de
wir-e.de

ELAN (Evangelisch-Lutherische Ansichten und Nachrichten)

und

Gastbeiträge in unterschiedlichen Publikationen...

darüberhinaus.de